笠女郎

Kasano Iratsume

遠藤 宏

コレクション日本歌人選062
Collected Works of Japanese Poets

笠間書院

始めに

万葉集に収められている笠女郎の歌二十九首と大伴家持の返歌二首を「読み解く」ことを目的とします。私の考える「読み解く」とは、単語を文法的に解析し解説して口語訳するだけのようなことが目的ではなく、一首一首に詠み込まれている言葉の一つ一つに込められている作者の思い、表面に出て来ていない心の奥など、文法の枠を超える心情の襞《ひだ》を極力丁寧に探っていって、歌の核心、作者の心情に迫ろうということを意味しています。その結果、作者の本音を引き出せればうれしく思います。

そのような具合ですので、本書を読む方々は第一首目から順にお読みいただければと思います。また、笠女郎についての基本的なことは「解説」に記しましたので、真っ先にお読みいただければありがたいと思います。

凡　例

一、本書の構成は次のようになっています。
「笠女郎全作品　附大伴家持返歌」―作品全体を随時一望できるようにと意図した。

「笠女郎」―（1）笠女郎の作品は、『万葉集』の巻三所収の三首、巻八所収の二首、巻四所収の二十四首の順に配列し、各巻内は『国歌大観』（松下大三郎・渡邊文雄）の番号順に並べた。大伴家持の返歌二首は最後尾に置いた。（2）作品の本文（訓み下し、漢字仮名交り）は『萬葉集訳文篇』（塙書房）を参考にして適宜改め、句切りも本書著書の判断に依った。（3）内容は、「作品本文」「出典」「歌意」「解説・鑑賞文」「脚注」からなっている。（4）「解説・鑑賞文」は見開き三ページに収めるよう努めた。

「笠女郎を読み終って」―右の「まとめ」として置いた。

「解説」―「笠女郎の歌―特色と魅力」「笠女郎の閲歴」「笠女郎の恋の相手―大伴家持」

「笠女郎の歌は万葉集内でどのように置かれているか」よりなる。

「読書案内」―関係文献は膨大なので、抄出になる。
二、「笠女郎略伝」「年譜」は設けない。理由は「解説」に記した。

『笠女郎』——目次

笠女郎全作品　附、大伴家持返歌

笠女郎

01

笠女郎《かさのいらつめ》、大伴宿祢家持《おほとものすくねやかもち》に贈《おく》る歌三首

託馬野《つくまの》に生《お》ふる紫草衣《むらさききぬ》に染《し》め　いまだ着ずして色に出《い》でにけり

【出典】万葉集・巻三・三九五

〔題詞〕笠女郎が、大伴宿祢家持[*1]に贈った歌、三首

〔歌意〕託馬野に生えている紫草からとった紫を着物に染み込ませ、（その衣を）まだ着ていないのに紫色が人目についてしまったのです、ほんとうに。

巻三の「譬喩歌《ひゆか》[*2]」の部に置かれている三首のうちの一首目です。一首全体が譬《たと》えになっていますので、裏の意（本意）を取るのは厄介《やっかい》です。

上三句は想像上の風景でしょう。託馬野の紫草の根から生成した紫色の染料で衣を染めるといっています。紫色は高貴を意味する色で、大伴家が笠氏を凌《しの》ぐ名門の家柄であることを暗示しています。その紫草が生えている託馬[*3]野は平城京からは遠隔の地であり、家持が遠い存在であることを暗示してい

＊1　〔題詞〕―「大伴宿祢家持」の「宿祢《すくね》」は、「八色《やくさ》の姓《かばね》」の一つで、朝廷が大伴氏に与えた称号。「柿本朝臣人麻呂」の「朝臣」、「高市連黒人」の「連《むらじ》」なども その一つです。

＊2　譬喩歌―一首全体または一部分が比喩になってい

ます。〝衣に紫色を染み込ませ〟とは私の着物を家持様色に染め上げるの意になります。これは、家持を愛してしまうという意味です。そして、「着る」というのは、着物を肌に密着させることですから、共寝を意味します。すると、この句に続く「いまだ着ずして」とは、まだ共寝していないのに、の意になります。そして、「色に出でにけり」とは、家持への秘めた思い*4が、不本意にも表に出てしまったあるいは、うっかり表に出してしまったということです。これは、心中を他人に知られてしまったということであり、他人に恋を邪魔される危険性が生じることでもあります。ですから、他人にわかるようなことをしてしまってごめんなさいと謝《あやま》る歌になるはずなのです。ところがこの歌はそうではないのです。

先ず、笠女郎はこの恋にかなり積極的です。「紫草衣に染め」の主語は笠女郎ですから、彼女のほうから愛しにいっています。これは、〝謝る〟には結び付きません。「いまだ着ずして」も同じです。共寝は笠女郎が主体です。さらに、「まだ着ていない」という句には、「着る」ことへの期待感があり、「着る」ことが現実になることへの確信があります。このように読んでみると、この歌には、家持を好きになってしまったことの喜びが溢れていると言えま

る歌。分類の基準として分類名にも使われています。

*3 託馬野—所在については諸説あり確定できません。ツクマノと訓んで滋賀県米原市筑摩とする説、タクマノと訓んで肥後国託麻郡（熊本県熊本市）とする説など。

*4 秘めた思いが表に出る—思いが、言葉・表情・しぐさ・行動などに、つい表面に現れてしまうのでしょう。初めて異性を好きになってしまった嬉しさで抑えきれず無意識のうちに出てしまうのでしょう。いかにも初《ウブ》なら若い女性という感じに溢れています。

す。そこがこの歌を並みの歌ではないものにしているのです。

そして、結句の「けり」も見逃せません。助動詞「けり」は、今まさにそのことに気付きました！　ということを、詠嘆を込めて示す言葉です。「色に出でにけり」は、直接的には、家持への思いが他人に知られる事態になってしまったことを今初めて自身が認識しましたと言っているのですが、家持を愛してしまっている自分自身に今気付きましたとも言っていることにもなるのです。

この歌は、今の自分自身の心のありどころを自覚した歌です。〝私はあの方を愛してしまったのだ〟と、自分に向けて発しているのです。ところが、この歌は家持に贈られていますので、これとは違った意味合いになります。即ち、
私みたいな、あなたには釣り合わない女があなたを愛してしまいました。

他人《ひと》に知られる羽目《はめ》になってしまい申し訳ありません。ですが、（こうなっては後に引けません）どうぞ私の思いを受け止めてください。

というような意味合いになるでしょう。

このように、笠女郎の歌は、第一義的には家持に向けて訴えているのですが、その前に、笠女郎自身の心の奥に向けて発信しているのです。この二重性が彼女の歌には際立っていて、内容を複雑にしています。

なお、この歌が、笠女郎と家持との関係のごく初期のものであることは明らかでしょう。

02

陸奥《みちのく》の真野《まの》の草原《かやはら》遠《とほ》けども　面影《おもかげ》にして見ゆといふものを

【出典】万葉集・巻三・三九一

〔歌意〕陸奥の真野の草原は遠いけれども、面影としては見えると人は言うのに（私には見えないのです）。

巻三の「譬喩歌」の部に収められている笠女郎の歌の第二首目です。〔歌意〕に記したものは表面の意味で、本意は裏に隠されています。それは、次のごとくです。

表の意は、〝陸奥の真野[*1]は私の住む平城京からは遥か遠隔の地ですからこの草原は見えるはずはありません。それでも、深く思っていれば面影には見えるものだと言われています〟ということです。裏の意は、〝ところがあなたの住《すま》いは、私とそんなには離れていないのに、私の面影に立つことはありません。あなたは私のことを深く思っていないのではありませんか〟とい

＊1　陸奥の真野―陸奥国行方《なめかた》郡真野郷（福島県南相馬市の地）とされています。「真野」の名は現在「真野川」に残っています。

うものです。家持の〝私〟への気持ちを疑っています。細かく分析してみましょう。

上二句に「陸奥の真野の草原」とあります。この必然性、つまり、なぜその地でなければならないのか、なぜ「草原」でなければならないのか、その理由はわかりません。笠女郎は、家持との間にその地についての共通理解があると考えていたので使ったのでしょう。ただ、二人の家は至近のところにあったようなので〔08・16〕、至近の対極の地として、都人の認識の及ぶ北限である陸奥国が選ばれたということは言えましょうか。〝面影に見える〟[*2]というのは、脳裏に相手の姿が浮ぶことで、思いが深いことを示す表現です。

末句は「といふものを」となっています。「といふものを」は〝これは世間の常識よ〟ということです。「といふ」によって、私の独断ではない一般的な認識だということを主張し、真実味を出そうとしているのです。

そして、「ものを」という逆説表現を使って、〝あなたの家は近いのですから私の面影に立つのはあたりまえなのに面影に立ってくれない〟と言っているのですが、〝のに〟のところに、家持を責める気持ちや恨む気持ちが込められているということは明らかでしょう。〝本当に私のことを愛してくれて

＊2　面影に見える―万葉集の中では、面影に見えるものは大部分が人間（恋人や妻）で、人間以外（花・衣）でも恋人の譬えになっています。ですから、「真野の萱原」は例外になります。笠女郎の、類型に捉われない独自の発想と言えましょう。

いるのかしら〟という不安や不信の念を抱いているであろうこともはっきりと感じ取れます。このような、家持に対する恨み、不安、不信といった思いをぶつけているのがこの歌です。但し、ストレートな言い方ではなく比喩を使って間接的に、また「といふものを」と、言い切りではない言外の情を漂わせているところに、詰問《きつもん》ではなく柔らかに問い掛けている、女性特有の柔らかい口調が感じられます。家持に対する右のような不信感はどこに起因しているのでしょうか。恐らく、家持の訪れが無いか稀《まれ》だからでしょう。不安・不信もそこから生じた思いでしょう。

この歌は家持に対する不信感を彼に問い掛けていて、その不信感を否定してくれることを期待する気持ちも込められているように思います。一方で、末句の「ものを」には、笠女郎が自分自身に問い掛けている口調が感じられます。即ち、面影に見えないのは、私が家持を本当に愛していないのではないか、という疑念を自分の心に確かめようとしているように感じられます。本書の「笠女郎を読み終って」(後出)のところに記しましたように、この歌にも対家持と対自分自身という《二重性》を見て取ることができます。

なお、この歌は、二人の関係のごく初期のころ(但し〔01〕以後)に作られたものではないかと推測されます。疑念が穏やかです。ただ、〔01〕の段階と決定的に違うのは、ここでは笠女郎は既に家持と結ばれていると思われることです。

03

奥山《おくやま》の岩本菅《いはもとすげ》を根深《ねふか》めて　結《むす》びし心忘れかねつも

【出典】万葉集・巻三・三九七

〔歌意〕深山の岩の根元に生えている菅の根は地中深く伸びている。（そのように）心の奥深くまで固く契りを結んだ、その心を到底《とうてい》忘れることはできません。

巻三の「譬喩歌」の部の笠女郎の第三首目です。「奥山の岩本菅を根深めて」は、「（深めて）結びし心」を導き出す序詞[*1]です。「根深めて（結びし）」という景が後接の「（深めて）結びし心」という心情を引き出しています。深山の岩本菅の根が地中深く伸びているという（想念上の）景を契機として、深くしっかりと結ばれた心という心情へと転換させているのです。奥山の岩本菅の根が地中深く伸びているという発想は笠女郎の実体験に基づくものではなく、万葉集中の先例[*2]に依っているもので、相手に理解されやすい一般的

＊1　序詞《じょことば》―枕詞・掛詞などと共に和歌の表現技法の一つ。六音以上の語句よりなり、普通、前半に相手にも理解可能なような一般的な景を叙し、後半に心情を叙していく、その前半部分を言う。前半部の景が醸し出す情感やイメージ、その景

通念として意図的に使っています。一般的通念と記しましたが、この歌では単純ではなく、彼女なりの思いが込められていると思われます。即ち、「奥山の岩本菅」は、人里離れた人のあまり足を踏み入れたこともない深山の、岩陰にひっそりと人目につかず生えている菅であり、笠女郎の家持への思いが他人に秘めたものであることを暗示しています。前々歌〔01〕の「いまだ着ずして色に出にけり」のような浮き浮きするような心ではないことを表明していることになります。そして、「根深めて」が、その思いが心の奥底まで達するような深い思いであることを示していることは明白でしょう。

上二句の「(深めて)結びし心忘れかねつも」には本意がストレートに表わされています。深く契ったその愛を到底忘れられないということです。契った時の我が思いを、作歌時の今、心の中で反芻《はんすう》し自身に対して確認しているのです。この確認作業の中には、自分の気持ちだけでなく家持も取り込んだ、あの時の状況、場面、動作など、様々な細部までが対象になっていることでしょう。

さらに、「結びし心」という言い方は作者側の表現ですが、「結ぶ」ですから、家持の動作も加わっていて、実質的には〝結び合う〟に等しい言い方で

から感じられる情感やイメージを介して後接の心情表現を導き出し心情を鮮明にするための仕掛け。序詞の句末の語と同音の繰り返しの関係で心情表現を引き出す方法もある。

＊2　先例―「奥山の岩本菅を根深くも思ほゆるかも」(巻一一・二七六一　作者未詳)など。

す（但し、結び合ったのは笠女郎の錯覚だったということもあり得ますが）。そして、最後の「（忘れかねつ）も」によって〝忘れかねる〟思いを強調しています。

この歌は、家持への思いの深さ強さを、その思いを抱いた原点に遡って再確認し、今後も変らず継続する意思を自身で固めようとしている歌です。一方、家持に対しては、〝あの時しっかりと契ったでしょ。あなたも忘れないでね〟と、〝私〟の家持への思いが不変かつ確かであることを認めてほしいと求めている歌です。

この歌が作られたのは、家持と心身ともに結ばれて（と、自認している）間もないころのことと思われます。前歌〔02〕の、家持への〝不信〟に続く歌であることを考えれば、不信を払い除きたい思いが〝確認〟を求めているようにも感じられます。「忘れかねつも」は一見強く言い放っている表現ですが、揺れる思いが漂っています。笠女郎の心は不安定です。もっとも、それが、恋する女性に共通する普遍的な心理なのでしょう。

04

笠女郎、大伴家持に贈る歌一首

水鳥《みづとり》の鴨《かも》の羽色《はいろ》の春山《はるやま》の　おほつかなくも思《おも》ほゆるかも

【出典】万葉集・巻八・一四五一

〔題詞〕笠女郎が大伴家持に贈った歌、一首

〔歌意〕水鳥である鴨の羽の色（が、緑がかっているの）と同じような、緑がかって朧ろに霞む春の山のように（あなたの私への気持ちが）ぼおっとしてはっきりとせず心もとなく思われてなりません。

この歌は巻八の「春の相聞[*1]」の部に収められています。笠女郎の作全二十九首のうち、季節に関る歌はこの歌ともう一首（05）だけです。なぜ少ないのか、答えは難しいのですが、一言触れておきます。季節の風物を媒介にして自分の気持ちを相手に伝えようとする歌には多分に（季節の）挨拶が含まれています。この挨拶は伝えたい心情の一部ですが、中核ではありません。あえて言えば、余裕の部分でしょうか。笠女郎には挨拶する心の余裕のない

＊1　相聞《そうもん》―万葉集の、歌の内容を基準とする分類の中核をなす分類名の一つ。雑歌・挽歌と共に三大部立と称されている。歌の内容は、お互いに思いを伝えあうもので、親子・夫婦・兄弟姉妹・友人・恋人など相手は限定されない。実例は恋人間の

緊迫した心の状態にあったからではないでしょうか。むしろ、挨拶性を拒否したと言えるかもしれません。笠女郎の〔01〕～〔05〕までは家持との恋愛関係の初期の作と想定されます。季節歌はその五首の中の二首です。家持との関係にまだ余裕があったと思われる時期です。この歌と次の歌はそれゆえの季節歌と言えましょうか。

笠女郎の歌には比喩を使ったものが多く、しかも使いかたが絶妙だということには定評があります。私もその通りだと思います。その一端は既に見てきました。そして、この歌もその一例です。

上三句の「水鳥の鴨の羽色の春山の」は、下接する「おほつかなし」（おぼつかないの意）を導き出す序詞[*2]です。鴨の羽の色は茶色が基調ですが真鴨の雄は頭と頸は艶のある濃緑色で翼も緑色を帯びた複雑な色合いをしています。その色合いが春の山の色合いと重なるので、春山の比喩としています。春の山の色合いは離れたところからは、枝の茶色に新緑が混り合い青みがかって霞んで見えるのでしょう。笠女郎の家から見える春日山・高円山《たかまとやま》などの印象でしょうか。単に「春山」というだけでは一つに絞り切れないイメージを「水鳥の鴨の羽色」という比喩によって鮮明なイメージにしているので

ものが多いので、後世、「相聞歌」は恋歌と同意に使われるようになる。

*2　序詞――〔03〕のところに記した。

す。柔らかで微妙なタッチの色合いです。そして、その朧《おぼ》ろに霞む春山という景を「おほつかなし」という心情表現に重ね合わせて、心情の表出へと転換させていくのです。言葉による心情表現の細かな意味合いは表現者にしかわからないでしょう。それを、表現者以外の人とも共有できる景という視覚を媒介にすることによって表現者の心情を他人と共有可能にしようとするのが比喩による序詞の効用です。

　心情語としての「おほつかなし」は、対象の心の中がぼんやりとして鮮明でないさまをいい、そこから生じる不安やもどかしさをも言います。この歌においては、〝あなたの態度は私を心から愛してくれているのかどうかはっきりわかりません、不安です〟という思いを、比喩を通して確実に理解してもらおうとしているのです。初めて異性への愛を知ってしまって間もない女性の、このまま愛し続けてよいものかどうかという漠たる不安、また、手応えの不確かな男への（不信とまではいかないにせよ）不安や心細さなどが、春山という景と重層的に表現されています。

　この歌には、「思ほゆるかも」という強い詠嘆が示されていて、あたかも、笠女郎が窓外の春山の景色を眺めながら自分の心中と重ね合う思いの湧き出[*3]

＊3　湧き出てくること――「思ほゆるかも」の「ゆる」は、自発の助動詞「ゆ」の連体形。自然に思いがこみ上げてくることを示す助動詞です。

てくることを確認している、自分向けの歌の面を持っているのですが、一方で家持に対しては、〝こんなに不安な私をしっかり抱き留めてください。安心させてください〟と身を挺《てい》して哀訴している歌です。そして、この哀訴を引き立てているのが絶妙な比喩なのです。

05

笠女郎、大伴宿祢家持に贈る歌一首

朝毎《あさごと》に我《わ》が見る屋戸《やど》のなでしこが花にも君はありこせぬかも

【出典】万葉集・巻八・一六一六

〔題詞〕笠女郎が大伴宿祢家持に贈った歌、一首
〔歌意〕毎朝私が見る庭のなでしこの花であって、あなたは、ほしいものです。*1

この歌は、巻八の「秋の相聞」の部に収められています。秋に分類された基準は「なでしこ」でしょう。季節分類のある巻八と巻十では、なでしこは夏・秋両方の部に入っています。山上憶良の「秋の七種《ななくさ》の花」にもなでしこは入っています。家持の参加している四月と五月の歌会での題材にもなっていますからこの場合は夏です。巻八の編纂者（家持か）がこの歌を秋の部に入れた根拠はどこにあったのでしょうか。家持が笠女郎から受け取ったのが秋だったからではないでしょうか。笠女郎が春に発信した〔04〕後、秋に贈っ

*1 〔歌意〕―「屋戸《やど》」は、家のドア口、転じて、家屋、屋敷、庭などの意。「こせぬかも」は、願望の意の助動詞「こす」の未然形に打消の助動詞「ず」の連体形「ぬ」と詠嘆の意を表わす助詞「かも」のついた句。願望を詠嘆する。～であってほしいなあ。～してくれないかなあ。

たのがこの歌だったのかもしれません。そう仮定すると、笠女郎の愛の思いは春のころよりはずっと形を成してきているように思われます。*2

この歌の大意は、〝あなたは、私が毎朝見る庭のなでしこであってほしい〟というものです。なでしこが咲くのは朝だけというわけではないのに、毎朝と限定したその理由にはそれなりの理由があるからでしょう。

*3恋愛関係にある男女にとっての朝は夕方とは違った意味を持つ時間帯であると思われます。共寝をした後の朝は男女双方にとって、夜のことを思い返し、改めて相手への愛を深める時間帯でしょうし、共寝のなかった朝は、男はともかく女性にとっては男のことをどうして来なかったのかなどいろいろと思い巡らす悩ましく切ない時間帯でしょう。

笠女郎のこの歌では、毎朝見たいと言っています。これは、家持の訪れのない夜が続いているからで、しかも、今後も逢えない夜が続きそうな予感があるからではないでしょうか。引き続く寂しい朝が、咲き続ける庭前のなでしこに家持を重ねさせたのでしょう。恋しい家持を毎朝目の当たりにすることができるからです。ただ、この歌では、*4なでしこの花を家持という男に見立てているのですが、少しく不自然な感をおぼえます。比喩の巧みな笠女郎

*2　発信が春の次が秋ではないかという想定―これでは間隔が開きすぎて不自然であり、この想定は誤っているかもしれませんが、一応記しておきます。秋↓翌年の春という順はむずかしいように感じられます。

*3　恋愛関係にある男女にとっての夕方の持つ意味―〔13〕の所に記します。

*4　なでしこを家持に譬えていること―笠女郎が参考にした可能性のある、この

にしては不十分な比喩だと思われるのです。

隠《こも》りのみ恋《こ》ふれば苦し　なでしこが花に咲き出《い》でよ朝《あさ》な朝《さ》な見む

（巻一〇・一九九二　夏相聞　作者未詳）

笠女郎は、あるいはこの歌を参考にしたのではないかと思われるのですが、その際、「隠りのみ恋ふれば苦し」（ひたすら心中に秘めて恋しく思っているのは苦しいものです）の句に共感し、自分と重なって、自然に「なでしこが花」が出てきてしまったのではないでしょうか。

家持が庭前の花であってほしいという願望は、眼前の景に触発された心情であり、内なる自らの心情へのつぶやきです。一方で、家持に対して求める切なる願いでもあります。その願いの表現は、「なでしこの花であってほしい」という、強引ではなく、控えめで優しい言い方です。多少の甘えも含んでいるでしょうか。

歌の作られたのと同じかそれ以前の歌で、なでしこ（の花）は男女どちらに見立てられているかを調べますと、全て女性に見立てられています。男女どちらか微妙なのもありますが。

笠女郎、大伴宿祢家持に贈る歌二十四首

06

我《わ》が形見《かたみ》見つつ偲《しの》はせ　あらたまの年の緒《を》長く我《われ》も思はむ

【出典】万葉集・巻四・五八七

〔題詞〕笠女郎が、大伴宿祢家持に贈った歌、二十四首

〔歌意〕（差し上げた）私の形見の品をご覧になりながら私を偲んでください。（あらたまの）長い年月ずっと、私もあなたのことを思い続けましょう。*1

題詞に記されているように、この歌から二十四首、笠女郎の家持宛の歌が続きます。一人の作者による歌が連続して並べられているもののうちの最多です。これだけ並べているのには記録した家持の何らかの意図があると考えざるを得ません（〔14〕に記しました）。

笠女郎が家持に贈った形見が何であったかはわかりませんが、衣である可能性は大きいでしょう。形見の衣というのは、男女関係の場合、「我妹子が

*1 〔歌意〕—「形見」は、（生死にかかわらず）離れている人・物を思い出して偲ぶ材料になるもの、の意。生きている人の場合は、逢っていない時の恋人、旅に出た人や留守宅に残っている人などが対象です。生きている人に贈り、生きている

形見の衣下に着て」（巻四・七四七　家持→坂上大嬢）とあるように、相手の衣を肌着にして身に着けることもあったのです。[*2]五感の多くに関わる強烈に濃厚な愛の贈り物です。ただ、笠女郎は「見つつ偲はせ」と言っていますので、衣ではないかもしれません。衣であっても「見つつ」ですから濃厚の度合いは少なくなります。ただ、品物が何であれ、いつも身近に置いて自分のことを常時念頭に置いておいてほしいものなのでしょう。笠女郎の思いは、いつも同体でありたいというところまでには至っていないものの、家持が離れがたい存在になっているところまでには思いは強くなっています。

　この歌は、私のことを片時も忘れないでほしいと家持に求めているのですが、その一方で、私も末永くあなたのことを愛し続けます、と、決意を表明しています。強い愛の歌です。ここにおいて笠女郎は、大伴家持という一人の男に自分の生涯を委ねることを覚悟したのです。その表明がこの歌です。このことをもう少し細かく見ていきます。

　第二句に、「見つつ偲はせ」とあって、この歌が家持に向けて呼びかけていることは明白です。右に「覚悟」と記しましたが、この呼びかけの背後には、私を愛し続けてください、見捨てないでくださいという必死の懇願が

人から贈られるものの例が万葉集では大部分です。その「もの」の大部分は衣（コロモ）です。「あらたまの年の緒」の「あらたまの」は「年」に掛る枕詞。「年の緒」は、緒（紐）のごとくに長く続く年月の意。

＊2　五感の多くに関わる―視覚を通して、触覚を通して、嗅覚を通して、です。

籠っているように感じられます。

　末句の「我も思はむ」も、家持に向けて発信されているわけですが、それだけではなく、〝覚悟〟を言葉に出して表明することによって、〝もう後には引けないわよ〟と自分自身に言い聞かせてもいるのです。

　笠女郎の歌には、枕詞・序詞などや比喩的表現など技巧に関る表現が頻繁に使われしかも巧みに使われていて、それが彼女の歌の特徴になっています。しかし、この歌においては、「あらたまの」[*3]以外には技巧が見えず、ほぼストレートな歌い方になっている、彼女においては珍しい歌い方の歌です。しかし、この歌い方によって、彼女の意思は真っ直ぐに家持に向かって突き刺さっていくでしょう。彼女の〝覚悟〟の程の真剣さと強さとが明確に相手に伝わっていくと思われます。彼女の真摯なひたむきな思いがこの歌い[*4]方になったのでしょう。無技巧が生きています。

　この歌が作られたのは、笠女郎が家持と結ばれてから間もないころのことだと思われます。

＊3　「あらたまの」―万葉集内ではよく使われる枕詞で、普通の枕詞であり、彼女特有の枕詞とは言えず、技巧というほどの枕詞ではありません。

＊4　この歌の無技巧―穿った言いかたをすれば、無技巧という技巧なのでしょうか。

07

白鳥《しらとり》の飛《と》羽《ば》山《やま》松《まつ》の待ちつつそ我が恋《こ》ひ渡《わた》る　この月ごろを

【出典】万葉集・巻四・五八八

〔歌意〕（白い鳥の飛び交う）飛羽山の松という名のごとく、（あなたの訪れを）待ちながら、恋しく切なく思い続けています。この数か月の間*1。

この歌には細かな技巧が複綜して使われています。「白鳥の」*2は、「飛羽山」に掛る枕詞。鷺などの白い鳥が〝飛ぶ〟と同音の関係でトブを語頭に持つ「飛羽山（松）」に掛ります。白鳥の飛び交う飛羽山は笠女郎の家から眺められる景色でもあるのでしょう。嘱目の景です。「飛羽山」のトバには、「*3千代《チヨ》永久尓《トコトバニ》」（巻二・一八三　草壁皇子の舎人）の意が重ね合わされていると思われます。永遠の愛という願望が込められていると思われます。あるいはこの白鳥は、倭健命*4の霊魂が白鳥になったように、笠女郎の肉体から〝あくが

*1　〔歌意〕「飛羽山」の所在は確定しているわけではありませんが、奈良市の東大寺の東北方で若草山西側の小峰ではないかと言われています。「恋ひ渡る」の「恋ひ」は、動詞「恋ふ」の連用形ですが、意は次の文中で述べます。「渡る」はずっと続けての意。

れ〟出た、家持を求める霊魂であるのかもしれません。

右の句を含む上二句「白鳥の飛羽山松の」は、この句に続く「待ち（つつそ）」を導き出す序詞です。「松（マツ）」と「待つ（マツ）」とが同音であることによります。松と待つを重ね合わせる発想は万葉集ではよく使われます。

初句からここまで、同音、同音と重ねる修飾句を形成しているのですが意味を持たない単なる音による技巧ではなく、笠女郎が思い描く、実景（かもしれない景）を、以下に続く心情の背景として生かしています。

下三句「待ちつつそ我が恋ひ渡るこの月ごろを」には、一首の核である心情が詠まれています。「この月ごろ」待ち続けているというのですから、家持の訪れが月を越えて無く、ずっと待っている状態にあるわけですが、その時の心情を「恋ひ渡る」が端的に示しています。奈良時代の「恋ふ」（名詞は「恋ひ」）の語には誤解が多いので簡単に述べておきます。

「恋ふ」は、愛するとか恋をする（名詞なら「恋い」「恋愛」）の意ではなく、（逢えないので）恋しく切なく思う（名詞なら、恋しく切ない思い）という意です。動詞「恋ふ」から派生した形容詞が「恋ひし」です。「恋ふ」動作の心情が「恋ひし」（恋しい）です。「恋ふ」の意を右のように考えれば、こ

＊2 枕詞「白鳥の」―眼前の景と情を重ねた、その時だけの一回的な枕詞。ほかに例はありません。笠女郎独自の表現です。

＊3 「千代永久尓」―「とこ」は常に、「とば」は「とは（常）」と同じで「永久に」の意。原文は「千代常登婆尓」。

＊4 倭健命の白鳥―東国遠征の帰路、病に倒れた倭健命の霊魂は白鳥になって亡骸から飛び立ち、忘れてきた草薙剣の方へと飛翔します（古事記）。

の動詞から形容詞への流れは極めて自然でしょう。下三句の意は、〔歌意〕に示した通り、（あなたの訪れを）待ちながら恋しく切なく思い続けていますという意です。ずっと待ちながら恋をしているわけではありません。

この歌は、月をまたがる長い間、家持の訪れの絶えた苦しみを嘆いています。笠女郎の家持への気持ちは薄れず恋しさを募らせて待ち続けています。この一首の結びは「この月ごろを」になっています。煩悶しながら待ち続けてきたここまでの月余の思いを思い返しているのです。すると、序詞になっている上三句に示されている景は、悲しみの景と言ってよいかもしれません。白鳥に笠女郎の魂を見ようとした（右述）のもその故です。景と情とは分かちがたく結ばれています。この歌の序詞は、同音の繰り返しによる序詞ですが、「マツ」という音が同じだけの関係で心情が引き出されているのではない、景に情が重なってもいる巧みな表現になっています。

この歌は、このように、内省的な面を色濃く盛った歌と言えましょう。その一方で、この歌は家持に贈られています。私のあなたへの愛と信頼を裏切らないでくださいと、自分の苦しみ悲しみを訴え、訪れを強く求めている歌であることは明らかです。

08

衣手《ころもで》を打廻《うちみ》の里《さと》にある我《われ》を知らにそ人は待てど来《こ》ずける

【出典】万葉集・巻四・五八九

〔歌意〕（私が衣を打つ）打廻の里に住んでいる私の（住まいの）ことを本当に知らないので、だれかさんは私が待っていても来なかったのねえ（今ようやくわかったわ）。*1

この歌、だいぶ手の込んだ歌い方になっています。まず、「衣手を打廻の里」。「衣手を」は「打廻の里」に掛る枕詞。「衣手を」は万葉集中唯一の枕詞で、そこに工夫があるのですが、それだけでなく、〔歌意〕の語注に記したように、〝砧《きぬた》を打つ私〟のイメージを纏《まと》わせています。そして、「打廻の里」という、地名めかした固有名風の言葉を使って、私の住む里はあなたの家の角をちょっと廻ったあたりのすぐ近くにあるという意を込めています。ストレートに言わないのは、後述しますように、皮肉を込めたいからです。枕詞

＊1　〔歌意〕―「衣手を」は、「打ち廻（の里）」に掛る枕詞。「衣手」の意は、衣の手、即ち衣。衣を打ち叩いて柔らかくするので、「打つ」に掛る。その「打つ」と同音を語頭に持つ地名「打廻」に掛る枕詞として用いています。砧を打つのは女性の仕事とされていたので、〝私

内の、砧を打つという情景は、秋の夜長、妻問いを待ち侘《わ》びる女性の、侘しくも艶《つや》のある場面の描写として表現されることがよくあります。そのような情感がこの歌にも感じられます。

家持の家と笠女郎の家とが近いことは、〔16〕からも伺えるのですが、近いならば家持が知らないはずはないと思われます。それなのに、「打廻の里にある我を」あなたは「知らに」(知らないで）とあります。これは明らかに皮肉でしょう。「打廻」つまり、目と鼻の先でしょうというあたりにも既に皮肉が籠っています。実際にはどのくらい離れていたかはわかりませんが。

さらに、この皮肉は止まりません。「人」がそれです。この「人」が家持を指していることは明白です。「君」というべきところをわざと避けています。〝どっかの誰かさん〟と空とぼけているのです。〝誰かさんは知らないかもしれませんが、ご近所のあなたなら当然知っているわよねえ〟という皮肉です。嫌味でもあります。これにまた更に、「(知らに）そ」という強意の助詞が使われていて、〝皮肉〟に追い打ちをかけています。ここまで来れば、皮肉を越えて嫌味にもなるでしょう。

それでもなお、追い打ちは続きます。結句の「(待てど来ず）ける」がそ

の住所〟の意を込めていると思われます。

れです。助動詞「けり」については〔01〕のところで述べました。〝今、はっと気が付きました〟という意です。この歌で「けり」が受け止めているのは、「けり」の上の部分全てです。つまり、"ずっと来てくれなかったのは、近いのに私の家がわからなかったからだ〟ということです。〝そのことを今ようやく気付きました。気付くのが遅かった私って間抜けなのね〟と言っているのですが、これは自虐であり、一方で家持への皮肉にもなります。「けり」の感慨は自虐という意味で笠女郎自身に向けられているのですが、家持にも向けられています。この歌では家持への方がベクトルは強いでしょう。

相手に向けての皮肉や嫌味が通じる（相手に受け入れられる）には、相手が理解してくれるはずだという、相手に対する信頼が成り立っていることが必須でしょう。笠女郎は、家持との間に相互理解が存在していると信じて歌を贈っていると考えられます。この歌に見られる過度の皮肉はこの歌以前には見られません。皮肉を言えるというのは、相手からまだ愛されているはずだという、気持ちの上での余裕があります。しかし、過度の皮肉・嫌味の奥には、余裕はなくなり、代りに不信感があるでしょう。家持への不信感はこの歌あたりから芽生え始めたように感じられます。

09

あらたまの年の経《へ》ぬれば今しはと　ゆめよ我《わ》が背子《せこ》我《わ》が名告《の》らすな

【出典】万葉集・巻四・五九〇

〔歌意〕（あらたまの）年が経たので今ならもう（二人の関係を他言しても）かまわないだろうなどと（思って）、決して、あなた、私の名を口になさらないでね。*1

初句から「今しは」までは、引用を示す助詞「と」があるので、家持の気持ちを笠女郎が想像しての言葉です。〝二人の仲は一年以上になっているのだから、もうしっかり固まっている。だから外から邪魔が入っても大丈夫だろう〟などと気を許して、我々二人のことを世間に吹聴してしまうことを笠女郎は恐れているのです。この恐れはかなり強いもので、それは、下二句の「ゆめよ……告らすな」*2に表わされています。〝絶対に、絶対に！（やめて！）〟という感じでしょうか。

*1 〔歌意〕―「名」（ここでは人名に限定して述べます）は、その人の全人格、その人のすべてを意味します。「告る」は、口にすべきでないような重要な内容の事柄を発言する（告げる）の意。「名」はその最も重要な事柄に属します。ですから、恋愛関係にある男（あ

そもそも、二人のしっかりした関係が年余も継続していたのかどうか確認できません。しかし、笠女郎としては続いている積りなのでしょう。また、家持の言動に他言しそうな気配があったのかどうかもわかりません。笠女郎としては、家持のそういった気配・素振りの有無に関らず、危険の芽を未然に摘み取っておきたかったのだと思います。笠女郎は、それだけ家持との関係が途切れることを恐れていたのでしょう。それだけまた、家持のことを強く愛していたということでもあります。

笠女郎の家持に対する強い思いと〝恐れ〟は、禁止表現ではないところにも現れています。それは、丁寧な表現においてです。一つ目は、「我が背子」です。「背子」は、男性に対して親しみを込めて呼ぶ言葉で、用例の大部分は、夫や恋人である男性に対して使われています。必ず「我が背子」の形で使われていて、〝誰のものでもない私だけの背子〟という、愛着の度合いの強い言葉です。この、「我が背子」は、万葉集の中では百例を越えるありふれた言葉ですが、笠女郎の全二十九首の歌の中ではこの歌にのみ使われている言葉です。格別な意味を持たせていると思われます。即ち、絶対に離れたくないというしがみつくような思いです。

るいは女）の名前を「告る」という行為は、第三者が、男（あるいは女）のすべてを我がものにしてもよいということ。恋愛関係は破滅の危機に瀕します。

＊2「ゆめよ……告らすな」―「ゆめよ」の「ゆめ」は、強く禁止する意の語（副詞）で、「よ」（詠嘆の意の間投助詞）がさらに強調しています。「（告らす）な」（禁止する意を表す終助詞）と呼応して禁止の意を一層強調しています。

二つ目は、「告らすな」の「す」です。この「す」は、尊敬の助動詞であり、笠女郎の歌の中では他には「（偲は）せ」〔06〕のみで、動詞「います」〔29〕を加えても極めて少数です。強い愛情が込められている表現です。

「我が背子」とこの「す」とを合わせれば、〔歌意〕に記したような、柔らかく丁寧な、女性らしい口調の言いかたになります。そうすると、先述の〝強い禁止表現〟は、強い命令ではなく、家持への懇願の表現ということになりましょう。〝あなた、絶対に口外なさらないでね〟と、必死に懇請しているのです。笠女郎は、家持との関係が続くことに強く執着しているのです。

この歌は、明らかに家持に向けて発信されています。笠女郎自身に向けて発信している要素は見受けられません。彼女の歌においては極めて珍しい歌です。それだけ家持への懇願の意が強いのでしょう。必死なのです。このように強く懇願した心中の奥底には何か危険な予感があったのかもしれません。その予感が次の歌において浮上してきます。

10

我《わ》が思《おも》ひを人に知《し》るれや　玉櫛笥《たまくしげ》開《ひら》き明《あ》けつと夢《いめ》にし見ゆる

【出典】万葉集・巻四・五九一

【歌意】私の心の奥を他人に知らせたのでしょうか。玉の櫛笥を（誰かが）開いて中身を見せてしまったと、夢に見たのです。

この歌のポイントは「夢」にあります。現在の「ゆめ〈夢〉」という語形は、古代ではイメという形でした。イメは「寝目《いめ》」*1即ち、寝ている時に見るものの意と考えられています。寝ている時間帯は原則として夜です。夜という時間帯は、神霊が支配し活動する場と考えられていました（昼は人間が活動する時間帯であり場です）。ですから、夜寝ている時に見るのは心霊との交信となります。その神霊は、神々であったり梅花や鷹の精霊であったりします。神々は古事記・日本書紀・風土記などの散文資料に集中し、神霊は万葉集に主に見られます。神霊はまた、人間であることもあります。夢に人間を見るという場合です。この例は万葉集の例がほとんどで、その人間（の霊魂）は大部分が恋人です。夢に現れた恋人はその人の霊魂です。昼間は逢いたくて

＊1　「寝目《いめ》」―「寝《い》」は、寝《ね》ること、眠りの意。

も逢えない時、魂が肉体から抜け出て逢いたい人の夢の[*2]中に入り込んで逢うのです。夜の神霊による現象は、昼の現象―現実―とは合同ではないけれども、もう一つの現実として受け止められていたようです。

ところが、この歌における笠女郎の夢はそのような夢とは違って、神霊は明らかな姿では出てきません。予兆というタイプの夢で、神霊によるお告げの類に入るのです（この型の夢は古代の文献の中では極めて少数しか見られません）。ですから、「玉櫛笥」を「開き明け」たという夢は現実・事実だと笠女郎は判断したのです。「夢にし見ゆる」の「し」という強意の助詞は、〝まさに夢になのよ。見たから絶対よ！〟と、見た夢の真実性を強調しています。

では、彼女が見た夢の意味はどういうものなのでしょうか。玉櫛笥（「玉」は美称）は、櫛の入れ物（お化粧道具類）であり、女性にとってはとても大切なもの、女性の命であり、持ち主の魂が籠っています。そういう櫛箱の蓋を開けて中身まで見える状態にするという行為は、まず、自分ではない、他人の行為です。持ち主のすべて、心の中の奥底まで全てを暴露する行為になります。笠女郎は、私の心の奥底まで全てを誰かが他人に暴露してしまったのだ、そうしたら二人の間は破滅だと、夢判断しているのです。そしてまた、

＊2　夢での逢会―〝私の夢にあなたが現れました。それほどあなたは私に逢いたいのですね〟という意味で使っているのが万葉集の夢の大部分です。笠女郎の夢は〔23〕にも見られますが、この歌と共に、万葉集では例外の、特異で独自な夢です。発想の特異性が顕著な歌です。

〝犯人がいる〟と、その夢を現実（事実）と結び付けています。「我が思ひを人に知るれや」の箇所がそれです。「（知るれ）や」と、疑問の助詞を使っていて、断言はしていないのですが、現実と直結させています。そして、疑問の助詞であるというところに、家持に対する信頼は辛うじて保たれています。

この歌は、「我が思ひ」（家持への思慕）が他人に知られたらしい、その証拠は、誰かが私の玉櫛笥を開けたという夢を見たからですというものです。これを家持に贈っているのですから、その誰かはあなたではありませんかと疑っていることになりましょう。その疑いを当の家持にぶつけているのです。家持に対して生じた不信の芽〔08〕が強くなり〔09〕、そして、この歌に至って、夢という形ではっきりしてきたのです。〝この前他言しないでねとあんなにお願いしたのに、本当になってしまいました〟と、残念な思いを訴え、〝誰か〟はあなたでないのでしょうね、と、家持が犯人でないことの願いと確認を求めているのです。

この歌が、笠女郎が窮状を家持に訴えていることは明白ですが、一方で、夢に見たという事態の意味を自身の内部に確認してもいるのです。

11

闇《やみ》の夜《よ》に鳴《な》くなる鶴《たづ》の　外《よそ》のみに聞きつつかあらむ　逢《あ》ふとはなしに

【出典】万葉集・巻四・五九二

〔歌意〕闇の夜に鳴く鶴は声が聞こえるだけで姿は見えない。（それと同じように）あなたのことをまったくよそ事として噂に聞くばかりなのでしょうか。逢うということではなくて。*1

上二句の「闇の夜に鳴くなる鶴の」は、「外のみに聞き（つつ）」を引き出す序詞です。わかりやすい序詞ですが、なぜ鶴が歌材になっているのでしょうか。夜の鳴き声なら雁や千鳥でもよさそうなものなのですが。

万葉集の鶴は、大部分が旅中の景物として詠まれていて、しかもその大部分が鳴いているのです。そして、その鳴くさまは、旅にある作者の旅愁や望郷の思いの象徴的な点景として捉えられています。しかも、その鳴き声は家郷の妻を求める声として写し取られている場合が多いのです。しかし、妻を

*1　歌意―「鳴くなる」の「なる」（終止形「なり」）は伝聞・推定の助動詞。「鳴る」が語源で、聞こえる音をもとに下した判断を示す。ここの「なる」はぴったりです。「タヅ（鶴）」という語形は、鶴をいう雅語・歌語（和歌専用の言葉）。ツルという語形は口語・俗

求める例のみではなく、雄（男）を求めて鳴く例も見られます。[*2]闇夜の鶴という万葉集唯一の鶴を詠んでいる笠女郎のこの鶴も鳴いています。闇の夜のこの鶴の鳴き声は、家持を求める笠女郎の思いが忍び込んでいるのかもしれません。つまり、〝闇夜の鶴のようなあなた〟の意の上に〝愛するあなたを求めて鳴く私〟の意をイメージとして重ねているのかもしれないのです。

この歌の主情は、下三句に表わされています。その中の第三・四句（「外のみに聞きつつかあらむ」）は、家持の存在は噂話に聞こえてくるばかりですというのです。当然のことに、私のところへは訪れがないというのです。訪れのない人についての話（噂）は他人事《ひとごと》として聞こえてくるでしょう。「（外）のみに」がそのことを示しています。吐き捨てるような口調です。笠女郎にとっては、家持という存在はその名を噂に聞くだけでは心躍るような憧れの的ではないのです。聞くだけでは全く無意味な赤の他人なのです。それだけ家持との逢会・共寝に対する執着が強烈だということなのです。そのように思っているのは、独り寝が続いていることによることは明白でしょう。加えて、それが今後も続く懼《おそ》れ・不安が拭《ぬぐ》えないからです。その思いは、「外のみに」に続く「聞きつつかあらむ」に見られます。「（聞きつつ）か

語として使われていたようです。歌語の他の例としては、蛙をいう「カハズ（歌語）」―「カヘル（口語）」が有名です。上代の人たちは和歌という表現形態を、日常語とは異なる表現として意識していたようです。

*2 闇夜の鶴―夜の鶴を詠んだ例は珍しくはありませんが、闇夜と明確な限定をしているのは他にはありせん。どうしても月夜であってはいけないのでしょう。見えないということを確実に表現したかったのだと思います。なお、雁や千鳥の場合、夜の雁や夜の千鳥の用例はありますが、闇夜の確例は見られません。笠女郎としては、どうしても闇夜の鶴でなければいけなかったようです。

……む」には、「聞く」のみの状態が今までと同じく今後もずっと続くのであろうかと、明るい将来の見えない不安やもどかしさが露《あら》わになっています。「聞きつつかあらむ」は、自分の内部への問い掛けでもありますし、家持への問い掛け、詰問にもなっています。

そして、結句の「逢ふとはなしに」（逢うということではなく）というのは、「外のみに聞き」というところで既に言っていますので、これは繰り返しになります。言いかたを変えての強調です。右に記した〝逢会への執着〟がはっきりと表に出てきています。「聞きつつかあらむ」のところで一端途切れた後で付された句が「逢ふとはなしに」です。短いポーズ（休止）があった後に吐き出された嘆息・吐息・呟《つぶや》きのように聞こえます。このポーズは、思いを心中に深く反芻している時間帯です。このポーズの後に吐き出され嘆息・吐息・呟きとして吐き出されているのです。心情を的確に表現し得ているなかなか効果的な句切れでありポーズです。

この歌は、自分自身の心の奥に向けて寂しく呟き語りかけている歌ですが、一方では、家持に対して、そういう私をしっかりと受け止めてほしいと訴えているのでもあります。

12

君に恋《こ》ひいたもすべ無《な》み　奈良山《ならやま》の小松が下《した》に立ち嘆《なげ》くかも

【出典】万葉集・巻四・五九三

〔歌意〕あなたに逢えず恋しく苦しくてどうしようもないので、奈良山の小松の下で立ち尽くしたまま深い溜息をつくことです。[*1]

第一句「君に恋ひ」。まず、核心の心情を冒頭にぶつけ、ストレートに吐き出しています。家持の訪れのない状態が続くという懼《おそ》れ〔11〕は的中しました。逢いたくて逢いたくて、切なく、苦しく、寂しく等々、恋しい思いの全ての感情が全身を迫《せ》めてきます。処《しょ》することかなわぬ激しい恋情に身の置き所もなく、座っては立ち、立っては部屋中をうろうろと徘徊《はいかい》し、それでも気は収まらず、[*2]いたたまれずに思わず屋外に飛び出していたのです。気が付くと我が身は奈良山にあったのです。笠女郎はなぜ奈良山に来てしまったのでしょうか。そして、奈良山のどのあたりで「立ち嘆」いたのでしょうか。

＊1　〔歌意〕―「恋ひ」（終止形「恋ふ」）の古代の語意については〔07〕のところで記しました。「すべ無み」（「無み」は「無し」のミ語法）は、なすすべ（方法・手段）が無く。対処の方法が全く分らないこと。また、「（立ち）嘆く」は、「ながいき（長息）」の意。長く溜息を吐き出す行為。深い感動を表します。

歌の中では何も語ってはいません。でも、家持の家の近くなのだと思います。いや、きっとそうです。好きになってしまった人に逢いたいのですから、足がその人の家の方に向かうのは当然のことでしょう。

家持邸*3の背後には奈良山が東西に連なっています。山と言っても低い丘陵です。女性としては家持邸に押し掛けるわけにはいきません。そこで、少しでも家持に近付きたいという思いが取った行動なのでしょう。あわよくば、庭に出ている家持の姿を見ることができるかも知れない。何とも切ない行動です。これは、夜ではなく昼間の行動です。笠女郎の心は追い詰められています。常軌を逸した、衝動的（と思われる）この行動は、しかし、思いが晴れる方向には働きません。視線を眼下の家持邸に向けながら、ただ「小松が下に立ち嘆く」しかないのです。思いの対象が眼の前にあるのに。恋の鬱情は募るばかりでしょう。ますます切なくなります。

笠女郎が立ち尽しているのは、「小松が下」です。小松の下に立つという景は実際の景というよりは、彼女の萎《な》え縮《ちじ》んだ心の中が象徴的に描かれているように思われます。大人の人間が小松の下に実際に立っているわけではないでしょう。そして、「松」には、「松《まつ》＝待《マ》つ」*4という図式がこの歌において

＊2 「いたたまれずに」―歌の「すべを無み」に該当します。

＊3 家持邸―奈良市法蓮町の、現在、春日野荘（公立学校共済保養所）と県法蓮庁舎のあるあたりで、奈良丘陵の南麓にあったと推定されています。

＊4 「松＝待つ」―〔07〕に記しました。

も成り立ちます。

前歌〔11〕以後も家持のことを「外のみに聞く」状態が続いたと思われます。その結果行き着いた状態がこの歌に表わされています。この歌には、〔10〕に見られた、家持への不信感をうかがわせる感じは認められず、ひたすら恋い慕う女性の純情と追い詰められたと確信した時に爆発した激しい感情と行動が的確に表現されています。

その、極限にまで達する苦しさと思慕の情の深さを家持に哀訴しているのがこの歌なのですが、同時にその一方で、その心情を自身の内側に語り掛けてもいます。結句の「(立ち嘆く)かも」(詠嘆の助詞)には深い詠嘆に沈み込んでいる笠女郎の姿が如実にうかがわれます。家持に向けての詠嘆という感じは、まずありません。

この一首、ひょっとしたら、追い詰められた笠女郎の脳裡が作り出した妄想なのかもしれません。

13

我《わ》が屋戸《やど》の夕影草《ゆふかげくさ》の白露《しらつゆ》の　消《け》ぬがにもとな思《おも》ほゆるかも

【出典】万葉集・巻四・五九四

〔歌意〕我が家の庭の、夕陽を浴びた草に置く露がはかなく消えてしまうのと同じように、私も消えてしまうほどどうしようもなく、あなたのことが思われてなりません。*1

この歌の内容を一口に言えば、〝あなたのことを死にそうに好きです〟ということです。一見単純ですが、表現はそう簡単ではありません。

上二句の「我が屋戸の夕影草の白露の」は、続く「消ぬ」を導き出す序詞で、「消ぬ」以下「思ほゆるかも」までが主情になります。これが、〝死にそうに好きです〟なのです。序詞が効果的にその主情を生かしています。笠女郎が使う序詞は比喩表現も含めて、絶妙だということに定評がありますが、この歌の序詞はその典型的な例の一つです。

＊1〔歌意〕―「屋戸」は〔05〕に記しました。「夕影草」の「夕影」は、夕日の意（「かげ」は光の意）。夕日の光を浴びた草という意を「夕影草」という短い形に圧縮した表現で、笠女郎の造語力が光る表現です。「消ぬがに」の「がに」は、～しそうに、の意の接続助

序詞部分の「我が屋戸の夕影草の白露」という景は、「我が屋戸」という大きな景から庭の中の「夕影草」という中景に絞られ、その草の上の「白露」という小景へと、景が次第に絞り込まれていくように詠まれています。この、景の絞り込みによって小景に焦点が集中し、大景・中景をバックにした厚みのある小景になります。その具合を細かに分析してみましょう。

作者の目と心は眼前の白露の上にじっと向けられています。露というものははかなく消えるのが定めです。その露は今、夕方の薄い陽の光を浴びた草葉の上に置かれています。露も淡く光っていることでしょう。夕方という時間帯には物悲しさや寂しさが漂います。特に、恋人のいる女性にとっての夕方は、期待と絶望への恐怖が付きまといます。薄光は、そのような夕方という時間帯の持つ感触をさらに強めます。笠女郎の眼前の白露の上には、そのような夕方のもの悲しさや淡い夕日の寂しさと共に、恋人来訪への不安・絶望などが幾層にも重ね合わされていって、白露のはかなさが強調されていくことになります。笠女郎は、そのような背景を背負った「白露」に自身の心情を見出しているのです。

〝眼前の白露と同じく私は間もなく消え行ってしまいそうと言えるほどに

詞。「もとな」は、無性に、の意。

私のあなたへの思いは深く強いのです〟これが下二句に示された主情です。その核心は、「消ぬがに」「思ふ」にあります。〝死にそうに強く思っています〟〝死ぬほど愛しています〟ということです。そこまで家持への思いを強調していながら、さらに、「もとな」「(思ほ)ゆる」「かも」と、これでもかとばかりに強調の言葉を畳み重ねていきます。すなわち、論理もなく理屈抜きで(「もとな」)思ってしまうのであり、おのずと湧き出てくる思いであり(自発の助動詞「ゆ」)、さらに詠嘆の「かも」で強調していくという具合です。家持への何とも深く強い思いが笠女郎の全身を浸しています。自分自身をどうにも制御《せいぎょ》できなくなってしまっているようです。思いがもはや独り歩きしてしまっているかのような感さえ覚えます。

「(思ほゆる)かも」は、前歌の「(立ち嘆く)かも」と同じく、右述のような思いを自分自身の内部で反芻《はんすう》確認していることを示しています。「かも」が一首の最後に置かれていることによってこの歌は内面性の強い歌になっています。しかしその一方で、この歌は家持に向けても強烈に発信しています。これほどまでの私の愛をちゃんと認めしっかりと受け止めてくださいと必死に訴え懇願しているのだと思われます。

14 我《わ》が命《いのち》の全《また》けむ限《かぎ》り忘れめや　いや日《ひ》に異《け》には思《おも》ひ増《ま》すとも

【出典】万葉集・巻四・五九五

〔歌意〕私の命が何事もなく続く限り（いつまでも）あなたのことを忘れることがありましょうか（いや、ありません）。日に日に（あなたへの）思いが強くなることはあっても。[*1]

＊1　〔歌意〕—「いや」は、ますますの意。「全けむ」の「全け」は、終止形「全し」の未然形で、完全である、無事である、の意。「日に異に」は、日ごとに、の意。「日に日に。「け（異）」は、「ひ（日）」の複数形、日々の意。

この歌、家持に対するかなり強烈な愛の宣言になっています。

上三句の「我が命の全けむ限り忘れめや」には、家持への自分の愛に揺るぎが無いことに対する強い自信が漲《みなぎ》っています。あるいは、変わらぬ愛を捧げ尽くそうという決意の固さが見られるといった方がよいかもしれません。つまり、覚悟のほどを示しているということです。「（忘れ）めや」は、推量の助動詞「む」（の已然形）に係助詞「や」の接続したもので、疑問が強意の係助詞によって強調されて、否定に転じるのです。〝忘れる？　とんでもない！　絶対に忘れないわ〟という反語の関係です。家持に対する〝今〟の状態を持続させる決意を自《みずか》らに納得させせようとしているのです。「命の全けむ限り」という言いかたは、〝命の限り〟、〝一生かけて〟、〝死ぬまでずっと〟といった意味のことばであって、かなり強い表現でしょう。万葉集の中でも他には見出しがたいほどの強さです。家持への思いの強さのほどがわかります。

この歌の後半「いや日に異には思ひ増すとも」は、前半で表明した覚悟のほどを補充というよりは、保証し補強する役割を持っています。〝忘れるなんてとんでもない。もっともっと思いは募っていきます。日増しに〟というもので、これはもう〝絶対に忘れません〟どころではないでしょう。

これほどまでに激しく強い執着の念を抱く、その根幹はどこにあるのでしょうか。恋に陥《お》ちた女性の一途《いちず》に突き走る熱情は恋愛の最初期にありがちかもしれません。そうするとこの歌も家持との関係の最初のころのものとも考えられそうですが、そうではないと思われます。笠女郎が家持に贈ったうちの二十四首がまとめて収められている歌群は、おおよそ時系列順に並べられていると思われます。とすると、〔06〕からこの歌まで、笠女郎は家持の訪れのないことに苦悩してきていますので、この歌に見られる熱情も、最初期にありがちな純粋で単純な感情とは言えないように思われるのです。

この歌に見られる家持への熱情・執着は、自分が注いでいる家持への愛情が受け入れられていないことをはっきりと認識してしまったことに起因していると思われます。〝愛されていない〟と認めざるを得なくなって掻き立てられた思いが、諦《あきら》めとは逆の執着という心情なのでしょう。諦めとか絶望とかという感情が入り込む余地のないほどの強烈な思いだったのではないかと考えられますし、笠女郎の〝女の意地〟が抱かせた執着・執念だったのではないでしょうか。

右のような「読み」が許されるならば、笠女郎という人は、男の思考や行動に従属する女という枠には収まらない面をもっている、自立した女性という存在であったと言えましょう。このことは、以後の歌にも関わってきます。

この歌は、第三句の「忘れめや」という反語表現からうかがわれるように、自分自身の心の中を自問自答風に確認し、覚悟のほどを自分に言い聞かせている趣がありますが、一方で、家持に贈ることによって、その覚悟のほどを家持に突きつけていることになります。〝これだけすごい覚悟なのよ。認めてください〟と脅迫気味に迫っている歌です。

15

八百日《やほか》行《ゆ》く浜の沙《まなご》も我《わ》が恋《こひ》にあに勝《まさ》らじか　沖《おき》つ島守《しまもり》

【出典】万葉集・巻四・五九六

〔歌意〕（通り抜けるのに）八百日もかかる長い浜の（細かな）砂粒の数でも、私の恋しくて嘆く嘆きの回数よりも多いことは恐らくないでしょうね。（ねえ）沖の島守さんよ。[*1]

笠女郎の歌には大袈裟[*2]な表現が目に付くとよくいわれますが、この歌の場合もそのよい例です。笠女郎は「八百日行く浜」が現実に存在する長い浜だと考えていたわけではないでしょう。「八百万《やほよろづ》の神」（古事記・上）や「八百万千万神《ちよろづがみ》」（万葉集　巻二・一六七　柿本人麻呂）などが参考になっているのでしょうし、「八百日行く（浜の）沙」は、加えて、仏典の「恒河沙[*3]《ごうがしゃ》」が念頭にあったのかもしれません。また、無限の数の比喩とされる恒河の沙を超えようとして海浜の砂を構想したのかもしれません。無限は無限なので

＊1　〔歌意〕―「まなご（沙）」は、粒の細かな砂の意。普通の大きさの砂より砂数は何倍もの多さになる計算です。「あに」は、決しての意で、「あにまさらじか」の「まさらじか」という反語表現と共に使われて、どうして〜だろうか、いや違うの意になる。「沖つ島守」は、

あって、無限であることに変りはないのですが、単なる「無限」とはスケールが違います。そして、その無限数に劣らないのが「我が恋」*4だというのです。何とも大仰な嘆きですが、それを、家持に直接訴える詠み方をせずに、「沖つ島守」という第三者に呼びかけて同意を求めています。それも、「あに勝らじか」という反語表現を使ってのかなり強い口調ですから、同意というよりもむしろ確認の強要といった感じです。

「沖つ島守」に呼びかける設定を作ったのは、前半に浜辺の砂を使ったので、恋に打ちひしがれる作者が行き先のない砂浜をとぼとぼと歩くシーンを考え出したからでしょう。遥か沖には島も見えるところまで想像は広がるのです。そしてその先には、思い余ってその島に向かって我が思いよ届けとばかりに叫ぶという設定が作られたということでしょう。さらに、その島には人がいるという設定も加わります。「島守」という限定をつけたのは、駐留して外敵から国を防衛する防人《さきもり》を想定したからでしょう。防人は北九州、特に壱岐島・対馬などに配備されていました。日本の果てにまでも我が苦悩届けよかしとの思いも込められているのでしょうか。

この「島守」は、想像上の単なる島守ではないでしょう。笠女郎にとって

沖の島に駐留して外敵から国を守る人。

*2 大袈裟な表現―〔22〕の「千度ぞ我は死に反らまし」や、〔27〕の「大寺の餓鬼の後に額付くごとし」など、数は多いというほどではありませんが、大袈裟の度合いが目を引くのです。

*3 恒河沙―恒河（インドのガンジス川）の砂の意で、無限に多いことのたとえに使われます。

*4 「我が恋」―恋愛の度数とか分量ではなく、恋しくて嘆くその嘆きの回数を言っています。

の家持は、近くに住んでいながらも訪れのない遠い存在でした。沖の島守のような人でした。「沖つ島守」は家持でもあるのです。家持に向けて我が思いを呼び掛けているのです。呼び掛けているというよりは、(遠い人に)叫んでいるのです。そうすれば思いは届くかもしれません。受け取った家持は、この歌から笠女郎の必死の思いのほかに、皮肉や嫌味も感じたのではないでしょうか。ストレートに詰問されるよりは応《こた》えたかもしれません。

右述のようにこの歌は、イメージの世界がどんどんと広がっていて一筋縄ではいかないものがあります。そのことを際立《きわだ》たせているのが、冒頭に記した「大袈裟な表現」です。表現が大袈裟であるということは強調の度合いが、適度の範囲を大きく外れているということですから、得《え》てして滑稽味を帯びますし、笑いを生みます。ところが、この歌の場合はどうでしょうか。笑いの要素はとても見出せません。振り向いてくれない男のことを一途に思い詰めた窮余の表現であり、笑いという余裕はなかったと思われます。

この歌が家持に向けてのものであることは明らかです。しかし、「あにまさらじか」という反語表現には、自身の思いを反芻《はんすう》している面が強く感じられます。

16 うつせみの人目《ひとめ》を繁《しげ》み　石橋《いしばし》の間近《まちか》き君に恋《こ》ひ渡《わた》るかも

【出典】万葉集・巻四・五九七

〔歌意〕世間の人の目が煩わしいので（石橋に置かれた踏み石の間隔が近いのと同じように）間近かにおいでのあなたに恋しく切なく思い続けているのです。*1

家が近いのに逢えないというその原因を、他人の目の煩わしさに求めています。人目を気にしてあなたは来てくれないのだと言っているのです。奈良時代、愛し合う二人の間を隔てる障害として他人の目をとても重く感じていました。これは、笠女郎のみの感覚ではありません。〔09〕のところでも記しましたが、*2人目《ひとめ》と人言《ひとごと》は二人にとって最大級の障害として受け止められていました。悪意に満ちた視線、無責任な中傷に恋人たちはとても怯《おび》えていました。万葉集の中で人目・人言を詠む全五十五例の中で、それに負けていないのはたったの一例です。笠女郎のこの歌でも負けています。むしろ、負けて

*1〔歌意〕―「うつせみ」は、この世の人の意。転じて、この世の意。ここではその意。「繁み」は、形容詞「繁し」のミ語法。「石橋の」の「石橋」は、川に間隔をあけて石を並べ、橋としたもの。歩きやすいように間隔を近くして石を置くので、「石橋の」で「間近し」の枕詞とした。家持邸は佐保川の北にあった。

いる例の典型例といってもよいでしょう。ユニークな発想の豊かな彼女にしては穏やかすぎるの感なきにしもあらずです。が、実はそうでもないのです。「間近き君に（恋ひ渡る）」には、〝近いのに（逢えない）〟というニュアンスがあります。この「のに」は、一つには、〝近いのに逢いに来てくれない〟という家持に対する皮肉が込められています。そこが彼女らしいところです（似たような皮肉は〔08〕にもありました）。もう一つには、〝近いのに逢いに来られないほどの強い障害〟という意味合いです。一首全体としてはこちらの要素の方が強いでしょう。近いのに家持に逢いに来させない障害として人目を設定しているのです。皮肉を言っても訪れてくれない家持、その訪れて来ない理由を、〝私のことを愛していないからだ〟というところにではなく、〝愛してくれているけれども人目という不可抗力の障害で来てくれないのだ〟というところに設定しているのです。抗《あらが》えないところに解決を求めるのは、一種逃げの姿勢であり、諦めの姿勢でもありますが、それだけ、追い詰められていることの証《あかし》でもありましょう。

　訪れてくれるようしばしば懇願して来たにもかかわらず、家持の訪れはない（と思われます）。私への愛情はもはや失《う》せたのではないかという疑念を

この石橋は佐保川に置かれたものをイメージしているかもしれません。家持はこの石橋を踏んで笠女郎のもとに来るのです。「恋ひ渡る」は〔07〕の所で記しました。

＊2 人目・人言への怯え――心理的な背景としては、言葉に宿る霊魂（言霊）や目の持つ霊力に屈服させられるという怖れを持っていたことが大きい要因でしょう。

強く抱くようになっていたのではないでしょうか。しかし、その疑いを当っていると認めることは辛いどころか二人の関係の終結を認めることになります。笠女郎にとって、それを認めることはできないし、彼の愛情を多少なりとも信じたい。その思いに縋《すが》りつきたいという気持ちが、人目の煩わしさという絶対的な原因・理由を設定することによって自らを納得させようとしている、それがこの歌だと思います。何とも切ない歌です。

この歌には「恋ひ渡る」という言葉が使われています。前歌〔15〕には「恋《こひ》」とあります。前歌から「恋ふ」状態が続いたのでしょう。その結果、「恋ひ渡る」という表現になったのです。前歌とこの歌との間には、なにがしかの時の経過があると思われます。そして、以後、「恋ひ渡る」が頻出します。

この一首は、「恋ひ渡るかも」という、深い嘆きの吐露で締め括られています。この「かも」という詠嘆によって、これまでの他の歌〔〔04〕〔12〕〔13〕など〕と同様に、自身の内部に語り掛けている歌です。一方で、家持に対してしっかりと受け止めてほしいと訴えている歌でもあります。これも他の歌と同じパターンです。待つことを宿命づけられていた女性という立場の遣《や》りどころのない悲しみが鮮やかに詠出されています。

17

恋《こひ》にもそ人は死《し》にする　水《み》無《な》瀬《せ》川《がは》下《した》ゆ我《われ》痩《や》す　月に日に異《け》に

【出典】万葉集・巻四・五九八

〔歌意〕恋しさゆえの苦しみによっても人は死ぬものなのです。（見た目は何事もないかのようでも）水無瀬川の見えない流れのように人知れず私は痩せていきます。月ごと日ごとに。*1

この歌、いきなり「恋にもそ人は死にする」という重い言葉を突きつけてきています。冒頭に置くことによって強いインパクトを与えようという狙いでしょう。この歌い方は、結論（命題）をまず前半に置き、後半になぜその結論になったかという理由・原因を述べるという型です。笠女郎はこの型をよく使っています。この歌と同じ上二句に結論を置くという例は、〔06〕〔10〕〔20〕〔21〕〔25〕〔28〕などがあります。得意の型ということでしょうか。

さてその前半ですが、主語は私ではなく、「人」です。私という個人の特

*1 〔歌意〕―「死にする」は、「死ぬ」に動詞「す」を付して「死ぬ」の意を強調したもの。絶対に死ぬのだという強い気持ちが示されている表現です。「水無瀬川」は、流れが伏流水として川の地下を流れ表面には水が流れていない川。外見では水は見えないので、

殊な問題ではなく、人間・人類の普遍的な問題として「恋に死ぬ」という現象を位置づけています。この位置づけによって「恋に死ぬ」ことは絶対の真理だと言っているのです。これは、〝私は確実に死にますよ〟と、言っていることになります。「(恋)にもそ」という表現にも結論の強調が現れています。「恋しい」程度の大した気持ちでなさそうな心情にでも起こり得る命題なのですよと、主張しているのです。「死にする」という言いかたも「死ぬ」よりは強い表現です。〝死ぬこと〟を〝する〟のですから、意思的に死ぬというニュアンスをもっています。〝恋しくて私死にそうなの〟という気持ちを最大限に重々しく訴えているのです。もちろん、家持を動かすためです。

　死という言葉は万葉集には百例近くも見られますが、その大部分が相聞歌、中でも恋の歌に使われているということは古くから指摘されていることです。恋歌に死が頻繁に出てくるのは、恋の駆け引きとして使われているからです。〝(あなたに逢えなくて辛いので)死にそうです〟と、相手に苦しさを哀訴する仕掛けとして「死」を使っているのです。笠女郎のこの歌の場合も基本的には同じでしょう。ただ、そう簡単には言えない面も見受けられます。一つには、右に記した、重々しい表現です。さらに、そのことは下三句

それと同じように外見上他人にはわからない「心」の意の「下」に掛る枕詞として使っています。

からも言えます。

下三句は、自分の現状・窮状を述べています。〝私は人知れぬ辛い思い、あなたにもわかってもらえない苦悩によってずっと痩せ続けているのです〟と現在の状態を述べ、〝今私は死への段階を確実に進んでいます。（従って、このままでは死は明白です）〟と、放置していたら確実に重大な結果を招きますよと、訴えているのですが、単なる軽い予測ではないことは、上二句の「恋にもそ人は死にする」において既に示してあります。冒頭のこの二句は、以下の句に示した自分の現状・窮状に真実味を与えるための根拠・証明用として置いてあるものです。これは、家持に真剣に対応してもらおうという狙いの上での計算によるものなのです。「恋にもそ人は死にする」と、きっぱりと明確に断定しているその重みは先に記した通りです。

下三句の中の「水無瀬川」[*2]という比喩は、万葉集の中で他に類例がない斬新な表現ですし、「下ゆ我痩す」と絡み合って単純ではありません。〔歌意〕の所で記したように、〝他人の目には私は元気で物思いなどとは無縁のように見えるかもしれませんが、実は痩せ続けているのです〟と言っているのです。〝あなたの私に対する認識は（多分）間違っています、噂《うわさ》では元気と言

＊2 「水無瀬川」の万葉集での使われ方―「水無し川」という形も含めて全四例。巻一〇・二〇〇七の「水無し川」は天の川のことを指し、「水無し川（絶ゆ）」（巻一一・二七一二）は、〝（恋

われているかもしれませんが違いますよ〟と訴えているのです。

「月に日に異に」という句は、「いや日に異に」〔14〕と同じような句ですが、「月に」という句が加わっていることによって、苦悩が一層長期に渉《わた》り深化していくというイメージをもたらしています。

笠女郎の、受け止めてもらえないままの愛の苦悩は長期化し、遂に死の影を見るに至りました。そして、死の影を見据える一方で、窮状を家持に突きつけ、受け止めてくれるよう迫っています。迫力のある一首です。


人の訪れが）絶える〟の比喩。「水無瀬川（ありても水は行くといふものを）」（巻一一・二八一七）は、流れの見えない川はあるけれどその地下には水は流れているの意で、人目につかずとも思い続けているの比喩。笠女郎の歌に近いが、表現がぎこちない。

18

朝霧《あさぎり》のおほに相《あひ》見《み》し人ゆゑに　命《いのち》死《し》ぬべく恋《こ》ひ渡《わた》るかも

【出典】万葉集・巻四・五九九

〔歌意〕（朝霧は物の形をぼんやりと霞ませる。それと同じように）ぼんやりと明確な認識も持たないままに結ばれたあなたのせいで死にそうなほど恋しく苦しく思い続けています。[1]

既に記したことですが、笠女郎[2]は比喩の巧みな使い手として知られています。この歌にも同じことが指摘できます。「朝霧の」[3]は、枕詞や序詞（の末尾部分）として、「通ふ」「思い迷ふ」「乱る」など、いろいろな物象の比喩に使われていますが、「おほ」の譬えとしては二例のみで、他の一例とは違って、心情の比喩として使っている唯一のケースです。朝霧という景から心情へと転換させ、景を通して心情のイメージを見事に浮かび上がらせています。もっとも、「朝霧のおほに相見し」ですから、視覚についての表現なので、

＊1　〔歌意〕―「朝霧の」は「おほ」（ぼんやりと、の意）に掛る枕詞。「相見る」の意は、逢う、特に恋人間では共寝することを意味する。

＊2　笠女郎の比喩表現の巧みさ―〔04〕で既に記しました。

＊3　「朝霧の」が「おほ」

景から情への転換ではないということにはなるのですが、真意は、〔歌意〕に示しましたように「明確な認識を持たないままに」ということなので、心情に大きく関わっている表現なのです。

「おほ」に見た（共寝した）ということは、何が何だか認識できていないうちに男性と初めて一夜を過ごし朝になって呆然《ぼうぜん》自失から自分を取り戻し気が付いたら結ばれてしまっていたということなのでしょう。（おそらく）初めての男性経験の時の自分の気持ちを回想したのが「おほに相見し」です。すると、「朝霧」という枕詞は単純で形式的な枕詞ではなくなります。呆然とした思いで家持を送り出し、朝、独《ひと》りになった自分を見出した時目に入った早朝の景が朝霧であった、そしてその朝霧は我が心でもあったということなのでしょう。その点、*4磐姫《いわのひめ》皇后の歌と伝える一首と重なる、情感漂うところがあります。

右に、「何が何だか認識できないうちに」と記しました。このことについてもう少し付言します。これは、はっきりと事態を認識せぬままに、つまり、家持と男女の関係になったら、その事と今後の自分とどのように関るのか、自分はどうなるのか、自分の将来はどうなるのか、など、現況と将来との関

に掛る、他の一例―亡妻が死にゆく姿を「朝霧のおほになりつつ」（巻三・四八一、高橋朝臣）と述べています。笠女郎のこの歌との成立の前後関係は確実には不明ですが、笠女郎の方が早い（初出）と思われます。つまり、笠女郎の独創による新鮮な表現と言えます。

*4　磐姫皇后作との重なり―万葉集に磐姫皇后作と伝える歌があります。「秋の田の穂の上に霧らふ朝霞いつへの方に我が恋ひ止まむ」〈巻二・八八〉が、その中の一首です。連作風に

係式の解答が計算できないうちにということです。これは、自分の気持ちが定まらないうちにということでもあります。それなのに、というのが後続の部分です。

それなのに、「命死ぬべく恋ひ渡るかも」というのです。認識を持っての恋愛関係なら自分の現状は理解可能（だと思う）けれど、認識なきまま夢中になってしまっている。どうしてなのか、自分自身の心の中がわからないのです。〝どうしてこんな風になっちゃったのかしら〟ということです。自嘲《じちょう》気味の感があります。

恋歌において「（恋の思いで）死ぬべく（思う）」という句は常套句で、それだけに軽さがあるのですが、この場合、前の歌〔17〕に続いての「死」ですので重みをもっています。「命死ぬ」という言いかたにも単なる「死ぬ」とは違うニュアンスが感じられます。

また、この歌では家持のことを「人」[*5]と言っています。ここでは、〝あなた（私の彼）〟ではない、家持を客観化した、自分から距離のある存在として見ている感があります。認識不十分の（時の）〝あのひと〟という感じです。「君」ではない「人」ですから当然ではあります。

なっていますので説明が長くなりますから結論だけにします。秋の田の穂の面を流れる朝霧が何時どこへ流れて消えるのかわからないのと同じように、我が思いが消えるのも何時どこへなのやら、と思いあぐねている歌です。夫仁徳天皇の訪れもないままに朝を迎え、眼前の朝霧に思いを重ねている趣が笠女郎の表現と通じるところがあります。

＊5　笠女郎の「人」―家持を指している場合の例は〔08〕があり、後にも〔19〕〔21〕〔25〕〔27〕があります。〔08〕の場合には皮肉がありました。

この一首は、「恋ひ渡るかも」という自らの嘆きを吐き出す形で詠んでいて、家持に対する思いの深さ、強さのほどを今更ながらに心の中で噛みしめている歌です。右の「人」という表現も含めて、この歌には自身の内部への歌いかけという面が強い歌です。しかし一方で、家持に贈ることによって、抑えきれない湧き上がる思いを訴え、すがっているのです。その点、笠女郎の他の歌の場合とも共通します。

19 伊勢《いせ》の海《うみ》の磯《いそ》もとどろに寄《よ》する波　恐《かしこ》き人に恋《こ》ひ渡《わた》るかも

【出典】万葉集・巻四・六〇〇

〔歌意〕伊勢の海の磯を轟《とどろ》かすばかりに寄せてくる波。（伊勢国の）その波が恐れ多いのと同じように、恐れ多いお方に（逢えず）恋しく切なく思い続けています。

上三句の「伊勢の海の磯もとどろに寄する波」は「恐き（人）」を引き出す序詞です。伊勢国[*1]は皇祖神天照大神の坐《ま》します地であり、神風[*2]が吹き常世[*3]国からの波が打ち寄せる恐れ多き地です。磯を打つ波の轟きは常世国の神威の顕現と映ったでしょう。恐れ多さを波の轟きに集約させています。恐れ多い伊勢の波、それを、自分と家持との関係の比喩として使っています。笠女郎は、自分と家持との家格の違いを非常に強く意識していました。そのことは既に〔01〕に示されています。そこでは家持を紫草に譬えています。ここ

*1 伊勢と天照大神―伊勢神宮には皇祖天照大神が祭られています。

*2 伊勢と神風―逸文伊勢国風土記に「古語に曰く、神風の伊勢の国、常世浪の寄する国」とあり、日本書紀・垂仁天皇二十五年条にも天照大神のお言葉として「是の神風の伊勢の国は則

では「恐き人」とストレートに呼んでいます。「紫草」ですと高貴になります。では、「恐き人」と「紫草」とではどう違うでしょうか。家持と笠女郎との家格の違いという点では重なりますが。〔01〕での「紫草」には高貴の家の男に恋したという喜びがあります（既述）。「恐き人」では喜びはないでしょう。「近づきがたい」という感じでしょう。〔01〕からここまでの間に心情に変化が生じているのだと思います。家持は笠女郎にとって恐れ多く近づきがたい存在であると考えられるようになっていたのでしょう。近づきがたい存在、であるがゆえに近づいてはいけない存在、即ち、愛するには釣り合わない存在、だから、愛してはいけない愛すべきではない人を愛してしまったという後悔・反省の念がこの表現になったと思われます。

　このような思いが生じてきたのは、家持が自分の思いを受け止めてくれない状態が続き「恋ひ渡る」状態になっている、その原因が自分の家格の低さにあると思い込んでしまったからでしょう。家持の夜離《よが》れの原因をあれこれと思い巡《めぐ》らし考えあぐねた窮余の結果の一つが家格の違いになったということでしょう。その〝家格の違い〟は、「恐き」ですからかなりの違いがあるという言いかたです。この一種オーバーな表現には、後悔と共に思いのかな

ち常世の浪の重浪の帰する国」とあります。「神風の」は「伊勢国」の賛辞。神威ある風が吹き渡る国であり、この風によって激しい波が立つということのようです。右の風土記には、神が「大風を起こして波しぶきを吹き上げ」という伝もあります。

*3 伊勢と常世―右掲の風土記・書紀によれば、伊勢国は常世国（海にかなたにある不老不死の理想郷）から幸をもたらす波がしきりに打ち寄せる地として伝えられています。

わぬ口惜しさや僻《ひが》みが滲んでおり、さらには、手の届かない諦めも含まれているると感じられます。

右のような諦めもある一方で、現状は「恋ひ渡る」状態が続いているわけです。愛すべきではない人への思いは断ち切れずなおも引きずっているのです。この歌には、そんな自分に対する自嘲の念が籠っていると思われます。自嘲ですから、愛はいまだ捨てていない。というよりは、捨てることができないでいるということなのでしょう。すさまじい執着心です。が、哀れでもあります。切なくもあります。

この歌は当然、家持に贈られているのですが、家持を「君」ではなく「人」という呼び方をしています。このことについては前歌〔18〕でも述べました。前歌の場合と同様、この歌にも家持に対する距離感があります。家持を「恐き」と思った時に感じた距離感でしょう。訪れの絶えた家持に対して心の間《かん》隙《げき》をふと感じてしまった、その時笠女郎にとって家持は「恐き」存在、遠い存在として意識されるようになった、それが「人」と呼ばせたのでしょう。

右述のように、この歌も、自分の心の中に歌いかけています。一方では、こんな状態の私を助けてと家持に訴えているのも明らかです。

20

心《こころ》ゆも我《わ》は思《おも》はずき　山川《やまかは》も隔《へだ》たらなくにかく恋《こ》ひむとは

【出典】万葉集・巻四・六〇一

〔歌意〕本当に心の底から思い浮かぶことなどなかった。（あなたの家との間に）山や川が隔たってもいないのに、こんなにも恋しく切ない思いをするなどということは。

一首の主意が冒頭[*1]の二句にどん！と打ち出されています。

ああ、ショック！

というわけです。気付いた時の衝撃がいかに大きかったか、その実感を自身が再認識しようとしているのですが、一方で、家持に向けてアピールしようという意図もあるでしょうし、その意図どおりになってもいます。衝撃の内容は下三句に示されています。即ち、二人の家は遠く離れているわけでもないのに（あなたは訪れてくれず）恋しく辛い思いをしている、ということです。

＊1　上二句に主題を打ち出す歌い方―〔06〕〔10〕〔17〕に既にあり、〔21〕〔25〕〔28〕にも見られます。この歌い方については〔17〕の所で述べました。笠女郎得意の手法です。

この、近いのに逢いに来てくれない（その結果、恋しく辛い思いをしている）ということを家持に訴えたのはこの歌が初めてではありません。既に二回あります。〔08〕と〔16〕です。笠女郎がそのことを忘れているわけではないでしょう。ですから、前二回とは狙いを変えています。

一回目〔08〕の場合は、家が近いのを知らないから来ないのねと、家持に気遣いを見せる態をしながらやんわりと皮肉を言っていました。二回目〔16〕は、煩わしい人目《ひとめ》という不可抗力を設定して、訪れて来ない家持に逃げ道を示唆するという気遣いを見せているのでした。二回とも異なります。そのような前二回に対して、今回の歌は、近くても訪れてくれない理由・根拠として近さを持ち出しているわけではありません。そこが違います。〔16〕以後に心境が変ったものと思われます。では、どう変ったのでしょうか。恐らく、家持に対して気遣いをしても無意味だということに気付いたのでしょう。家持が、近くに居ても私を訪れるつもりは毛頭《もうとう》ないらしいということに気付いたのでしょう。我ながら迂闊《うかつ》だったというショックと悔悟の思いが頭を駆け巡り「心ゆも我は思はずき」という嘆声になって飛び出たのだと思います。家は近くても家持はなんとも遠かった。

この歌は、家持の気持ちを見抜いていなかった自分を、悔悟の念をもって責めている歌です。自分の胸に向けて歌いかけている歌です。そのことは、「かく恋ひむとは」の「かく」にも表わされています。「かく」の中身は他者には把握不可能です。自分自身に向けて自身の気持ちを確認しているのです。その確認している自身の思いは「恋ふ」ている心です。こんなにまで「恋ふ」ている自分に対する悔悟です。

家持に呈《てい》する不信の念は、この歌に至るまでずっと重ねられて来ていて、この歌に至ってかなり確実になってきています。しかし、家持への思いを捨ててはいないのです。依然として「恋ふ」ています。笠女郎の未練の紐は太くて決して切れないのです。それだけ、笠女郎の家持への思いは深く深くそして強いのです。

一方でこの歌は、家持に対しては自分の執念のほどを突きつけている歌です。しかし、結果としては家持には通じなかったことになります。

21

夕《ゆふ》されば物思《ものも》ひ増《ま》さる　見し人の言問《ことと》ふ姿面影《おもかげ》にして

【出典】万葉集・巻四・六〇二

〔歌意〕夕暮れになると、あれこれ思い煩うことが多くなります。逢ったあの人の語り掛けてくる姿が面影に浮んで。*1

「夕されば物思ひ増さる」、この句は、あれこれ思いふけっている時に、ぽつりと口からこぼれ出てしまった呟きのような感じのことばです。冒頭に置かれていることによってそれが明確になっています。*2

笠女郎が夕方という時間帯に設定した歌は前〔13〕にもありました。ここでも、そこで述べたことと基本的には同じになります。

恋する女性にとって、夕方は特別な時間帯です。恋人が訪れて来るはずの時刻が近づいてくる時間帯だからです。期待と不安、それらに絡む様々な想念が渦巻いてくるのです。そういう時間帯を笠女郎は的確に押さえていま

＊1 〔歌意〕―「見し人」は、逢った人、特に恋人、夜を共にした人の意。この歌においては、共寝したその時のあの人の意です。

＊2 冒頭に置かれている―主情を冒頭に置く手法については〔20〕でも記しました。

す。「夕されば」には、物思いのより少ない時間帯からの心中の移行がしっかり押さえられています。「増さる」には、夕方以前にも物思いは多々あったという、夕方以前の心の状態が前提になっていて、それよりもいっそう夕方には物思いが募《つの》るという心中の動きが描かれているのです。そしてその〝動き〟は、物思いが極限に至るであろうことを意味しています。さらに、「夕方以前」と右に記した時間帯は、朝目覚めた時以来であることをも暗示しています。笠女郎が家持を思っている時間帯は四六時中であることを暗示しています。歌の冒頭に置かれた「夕されば物思ひ増さる」という句には右のような思いが籠っているのです。

ただし、この歌における「物思ひ」の中心は、「見し人の言問ふ姿」です。つまり、現時点での不安や心配ごとではありません。夜を共にした、その時の、床の中のあの人であり、しかも「言問ふ姿」ですから、私に愛の言葉を語り掛けてきたその姿です。その時の家持の睦言だけでなく息遣いも抱きしめてくれた時の彼の体温や姿態も全て含んでいる「姿」です。笠女郎にとっては最高に歓喜の場面です。男と女の生々しい場面です。その時の映像が今、まざまざと蘇ってきているのです。

そのような、過去の至福の場面が忘れ去ることのできない「（もの）思ひ」として蘇ってくるということは、今や望み難く再現が極めて困難だと考えざるを得ない状態だとわかっていることを示しています。いわば、絶望が生み出した幻影であり、幻影でなくては再現不可能な過去です。笠女郎は、今まさに幻影という非現実にすがるしかすべがないという状況に追い込まれているのです。そして、そのことを自身ではっきり分っているのです。

〔15〕からこの歌に至るまで六首連続して「恋ふ」が使われています。家持との逢瀬の持てない状態、恋しく苦しい状態が続いていることを示しています。先の見えない状況の帰結点をこの歌は示していると言えましょう。「（見し）人」という表現にも、笠女郎にとって家持は今や遠い存在になっているという感じが暗示されています。

この歌は、笠女郎の歌の中でも特に内省的な歌として特出していると、よく言われます。間違いないでしょう。笠女郎の心は家持を凝視して動きません。そして、そういう自分の心をもじっと覗《のぞ》き込んでいます。歌末尾の「面影にして」という言いさしの形は余情を生む表現です。深々とした溜息とともに、それでも家持を思いきれない自分自身を、優しい眼差しで愛《いと》おしげに見つめている笠女郎の姿が見えてきます。

このような内省的な歌が家持に対して贈られているのです。〝あなたのことを諦めなければならないのでしょうか、それでも好きです〟と、未練を訴えかけているのではないでしょうか。切ない訴えです。

22

思《おも》ひにし死《し》にするものにあらませば　千度《ちたび》そ我《われ》は死《し》に反《かへ》らまし

【出典】万葉集・巻四・六〇三

〔歌意〕あなたを愛する思いがもとで死ぬことがもしもあるとしたら、私は千回も繰り返し死ぬことでしょう。

この歌は、一口で言えば、「私のあなたへの思いは死ぬほど深く強烈なのです」ということなのですが、これを、「……あらませば、……〈死に反らまし」という反実仮想[*1]の手法を使って表現しています。「思ひにし死にする[*2]」のが仮想であり、「千度」「死に反る」のも仮想です。笠女郎は今、仮想の世界の中にいます。自分を想像の中で動かしています。そこでは、彼女は自分を千回死なせています。死んでは生き、生き返ってはまた死ぬ自分を想念の中で演出しています。この、「生き返る」ではない「死に反る」という聞き慣れない言葉に笠女郎は、「生き返る」とは違うどのような意味合いで使っ

＊1　反実仮想――（A）事実ではないことを仮に想定して、（B）その想定によって生じる結果を予想する、その予想をいう語法。（A）もし～だとしたら、（B）……だろう。

＊2　「死にする」――〔17〕で記した。

ているのでしょうか。*3

「蘇《よみがえ》る」「生き返る」は死から生への帰還ですから、生きることが目標になっています。これに対して、「死に反る」は、〝何回も死を繰り返す〟の意であり、死んでは生き返り、また死んでは生き返るという行為であって、これは、死ぬことが帰着点であり、生き返りたいという意欲は前提になっていないのです。死ぬための生なのです。「死に反る」は、生き返っても絶望が残るだけの生への希望のない、何とも暗い行為です。

笠女郎の想念の中では、家持を想《おも》う思いは、愛の深さが強烈であるがゆえに死がまざまざと見えるほどであり、死んでも苦の思いは浄化されないのです。千回も死を繰り返すとは、永遠に死ということでしょう。それほどすさまじい情念を抱く自分自身を、笠女郎は仮想しているのです。しかし、仮想していても、千回死んでも愛し続けるのだという覚悟のほどを表明しているのでもあります。そして同時に、家持への宣言にもなっているのです。

この歌の「思ひに死ぬ」と似た表現を笠女郎は前〔17〕に使っています。「恋ひにもそ人は死にする」です。こちらは断定しています。日に日に痩せ衰えるという確実な証拠が認識されたからでしょう。こちらは、仮想です。

*3 「死に反る」と「生き返る」――「死に反る」には先例（左掲）があり、万葉集では二例のみの珍しい語です。笠女郎はこの先例を参考にしたと思われます。歌全体も酷似しています。「生き返る」は用例無く、代りに「蘇る」があります。「よみがへる（蘇）」の原義は、「よみ（黄泉）」から「かへる（帰）」です。「生き返る」と「蘇る」の「かへる」は元に戻るの意ですが、「死に反る」の「かへる」は、繰り返すの意で、異ります。もっとも、「蘇る」の「かへる」も「死に反る」の「かへる」も「ふりかえる」の「かへる」も、原義はみな同じです。

恋ひするに死にするものにあらませば我が身は千度死に反らまし（巻一一・二三九〇　柿本人麻呂歌

千回の死は仮想にとどまらざるを得ないでしょう。それはそれとして、前歌までの「恋ふ」[*4]が「思ふ」に変っています。この歌まで使われていた「恋ひ渡る」が、この歌から「思ふ」に転換しています。前歌〔21〕の「物思ひ」が転換のきっかけを作っているとも考えられます。「恋ふ」と「思ふ」とを並べてみますと、両語とも相手への愛情が根底にあると認められます。「思ふ」は、その愛情を能動的に表現している語であり、〝好きです、愛しています〟という気持ちの語です。これに対して「恋ふ」は、愛情のベクトルが逆で、内向的と言えます。愛していることが基で辛い苦しいという気持ちの語です。辛いです苦しいですと訴えてきたのが、愛してます好きですという訴え方に変ったのです。消極から積極へという作戦の転換でしょうか。そうだとしても、この転換は余裕を持った転換ではないでしょう。いくら訴えても振り向いてくれない家持に対する、止むを得ない追い詰められた結果の窮余の転換だと思われます。待つことに疲れ果てて耐え難くなってきたからでしょう。しかしだからといって、結果は恐らく変らず一種空しい転換だということも笠女郎にはわかっていたと思われますが、能動的に愛情を表現することが現在の笠女郎にとっては、それが彼女の存在証明なのです。

集）

なお、笠女郎が使った千回の死の原典としては、『遊仙窟』（唐、張文成著）に、主人公が仙窟の美人を賛美する言葉にある「能く公子をして百廻生かしめ、巧く王孫をして千遍死せしむ」だと考えられています。

*4　「恋ふ」から「思ふ」への転換―「恋ひ渡る」の頻出に関しては〔16〕に述べた。〔06〕から〔29〕までに見られる両語の現れ方に特徴があることは既に指摘されていますが、解釈が分かれます。ここでは私見を記すにとどめておきます。

23 剱大刀《つるぎたち》身に取《と》り添《そ》ふと夢《いめ》に見つ　何《なに》の兆《さが》そも　君に逢《あ》はむため

【出典】万葉集・巻四・六〇四

〔歌意〕刀を我が身体に添えるという夢を見ました。（これは一体）どういう前兆なのでしょうか。（それは）あなたに逢う兆《しるし》なのです。*1

笠女郎の夢の歌は前〔10〕にもありました。それと同じく、この歌の夢も予兆としての夢です。その歌に詠まれている「櫛笥」が、女性必須の身近に常備する品であり女性そのもののしるしであるのと同様に、「剱大刀」は男性の持ち物であり、男性そのもののしるしです。そういう、男性の肉体である「剱大刀」を女性が「身に取り添ふ」というのは、フロイト*2の夢判断説に依らなくとも、男性との共寝を意味することは明白です。そのことは笠女郎自身もわかっていたでしょう。「君に逢はむため」と言っているのがその証拠です。「逢う」という語の意味が共寝するの意であることは前にも述べま

*1 〔歌意〕―「剱大刀」は、「剱」と「大刀」の複合語です。この両語の関係は明確ではありませんが、刀剣類を指していることは確かです。「兆《さが》」は、前兆、予兆の意。

*2 フロイト―オーストリアの心理学者・精神分析学者。著書に『夢判断』『精神分析入門』など。（一八五六―一九三九）

した。

また、〔10〕でも述べたことですが、古代、夢は霊魂の働きによると考えられていました。夢の中に男性が現れるということは、夜、男の魂が肉体を抜け出て女性の所に逢いに来てくれたのだと理解されていました。ですから、刀を我が身に添えるという夢は、笠女郎にとっては、家持が逢いに来てくれて共寝するという理解になるわけです。そのことが、「君に逢はむため」に示されています。

右は、笠女郎が見た夢についての彼女の理解がどのようなものであったかを述べたものです。では彼女は、その夢をどのような狙《ねら》いをもって詠んでいるのでしょうか、自分や家持に対してどういうつもりで詠んでいるのでしょうか。歌を分析してみます。

まず上三句で「劒大刀身に取り添ふと夢に見つ」と、自分が見た夢を実体験として述べています（本当に実際の体験であるかどうかはわかりませんが）。語気には、自分にとってはこの夢はどういう意味があるのかと、自身に問いかけている趣があります。家持に対しては、〝こんな夢を見たわよ。あなたはどう判断するの〟と問いかけていることになります。

この夢の述べ方には留意すべきところがあります。それは、刀を「身に取り添ふ」というところです。「取り」は他動詞ですから、「添ふ」も他動詞になります。従って、意は、「我が身に添える」となります。つまり、〝家持の魂が笠女郎の夢の中に来てくれた〟のではなく、笠女郎が家持を呼び込んで添い寝をさせるという述べ方なのです。かなり能動的で積極的な行動になります。万葉集の中では、異性を身に添えて寝るという動作は、例外一例以外は男性の動作として歌われています。その例外一例がこの笠女郎の例です。夢の中ですが、笠女郎の行動は極めて積極的です。もっとも、夢の中だから可能なことなのではあると思われます。この上三句は、夢を見たということを述べているだけで、その夢がどうこうと言っているわけではありません。

この夢に対する笠女郎の判断は次の第三句に示されています。

「何の兆そも」と、自分の見た夢がどんな意味を持つ夢なのかを自分に問いかける形で、呟くように述べます。自問する形です。家持に対して問いかける気持ちも多少はあったかもしれません。しかし、最終句には自答の形で自らの解釈、夢説《ゆめと》きを行っています。「君に逢はむため」が、それです。「(君に逢はむ)ため」ですから、あなたに逢うことが目的の夢見であることをストレートに、しかも、断言しています。疑問や迷いは微塵《みじん》も見えません。強い言いかたです。ただ、自信の裏付けがあるわけではないでしょう。そうでなければならないという強い願望であり、一方では家持に対する強要でもあるでしょう。古代人にとって夢という現象が持つ重さを利用しての強要です。〝あなたは私に逢いたがっているのだし、逢いに来ることになっているのだ〟と、脅迫しているのです。前歌〔22〕に見られた〝積極性〟が、引き続きこの歌にも見得ることになります。

この歌は、「劔大刀」から「何の兆そ」までだと自問になります。そして「君、（に逢はむため）」を「あの方」の意で使っているとすると、自答になり一首全体は自問自答になります。しかし、家持に贈られているのですから「君」は「あなた」になります。贈られた家持にとっては「あなたに逢うためなのよ」となって、逢瀬を強要されていることになります。

笠女郎は、家持が訪れてくれる可能性の少しでも高い状況を作り出そうとして夢を設定しました（従って、本当に夢を見たのか疑われもします）。笠女郎のもがきです。夢の力に縋《すが》らざるを得ないほど追い詰められた状況になっているのです。必死に夢にしがみついています。

24

天地《あめつち》の神の理《ことわり》なくはこそ　我《わ》が思《おも》ふ君に逢《あ》はず死《し》にせめ

【出典】万葉集・巻四・六〇五

〔歌意〕天地の神の正しいご判断（というもの）が存在しないとしたならば、我が愛する君に逢わずに死んでしまうでしょうが……。

第三句の「なくはこそ」は仮定条件を表す言いかたですので、「天地の神の理」は確かに存在するという考えを前提としています。但し、この考えが、世間の常識ということなのか、そうではなく単なる願望なのかは不明ですが、そうすると、「逢はず死」ぬことはなくて、死ぬ前には逢えるのだという理屈になり、〝あなたと逢う[*1]のは必然です〟と言っていることになります。笠女郎にとっては必勝の論理です。しかも、「こそ……め」という係り結びを使っていて、強調の度合いのかなり高い表現になっています。〝必然です〟というよりは〝絶対です〟という口調になっています。もう一度家持との逢

＊1　「逢ふ」の意―「逢ふ」については繰り返し記しました。

瀬を持たずには死んでも死に切れないという執念のような必死の思いが感じられるような表現です。

天の神のみならず地の神もという抗《あらが》いがたい絶対的な存在をバックにして、家持との逢会を、神が判断した既定の事実にしてしまっています。何とも強引な論理です。前歌〔23〕には、神霊の働く夢の権威が拠《よ》り所にされていました。夢の効果はなかったのではないでしょうか。夢よりも強力な力が必要になり、「天地の神の理」が捻《ひね》り出されたということでしょう。これならば家持に有無を言わせないはずです。

この歌は笠女郎の他の歌と同様に、まずは自分自身に向けられています。「我が思ふ君」の「君」は、「あの方」と読むことが可能ですので、「神の理」によって、我が愛するあの方には死ぬまでには絶対逢えるはずだと、絶望の淵《ふち》に陥《おちい》ろうとする自分を抑え言い聞かせて自らを安心させようとしている歌です。神々の〝公正〟な御判断を信じることのみが今の笠女郎にとっては唯一の拠り所になってしまっているのです。

この歌は一方では家持に向けて贈られています。すると、「我が思ふ君」は〝我が愛するあなた〟となり、一首は、〝死ぬまでには必ずあなたは私と逢瀬を持つことになっているのよ〟という意になります。繰り返しになりますが、天の神のみならず地の神もという、抗い難い絶対的な存在を設定して、その存在を後盾《うしろだて》として家持との逢会を、神が判断した既定の事実にしてしまっています。この論理によって、家持に〝神の摂理なのよ〟と迫っているのです。何とも強引な論理を設定しています。また、そうでなければいけないのです。無反応の家持に対して苛立《いらだ》っての反応でしょう。

改めてまた念のため述べます。神霊の働く夢の権威の効果は家持に対しては効果がなかったようです。そこで、夢以上に強力な最強の存在として案出されたのが「天地の神」というわけです。そのご判断の下には家持に有無を言わせないはずなのです。これで笠女郎の思いが実らなかったら、彼女の精神はどこへ行くのでしょうか。限界に近いのではとの感も覚えます。そこまで笠女郎を追い詰めたのが家持の無反応（色々な面での）であろうことは明白でしょう。但し、家持の返歌がない（万葉集には記載されていない）のは、家持の編集上の演出かもしれませんが。

しかし、それにしても、笠女郎の家持に対する執念とも言えそうな思いの深さには尋常でないものを感じざるを得ません。

25

我《われ》も思ふ人もな忘れ〔多奈和丹〕浦吹《うらふ》く風の止《や》む時なかれ

【出典】万葉集・巻四・六〇六

〔歌意〕私も（あなたのことを）思っています。（ですから）人も（私のことを）忘れてはいけません。〔多奈和丹〕浦を吹く風が止む時の無いのと同じように、（私を思うことが）止むことがあってはいけません。*1

原文で記した〔多奈和丹〕が、訓義不明なので全体の意は明確ではありませんが、一首のおおよその意は、

私はあなたを愛し続けます。だからあなたも私のことを今後もずっと愛し続けなければいけません。

というようなことだと思います。

第一句「我も思ふ」に続いて「人もな忘れ」*2とあります。〝私のことを忘

*1 歌意―〔多奈和丹〕の箇所はどう読めば意が通じるのか、わかりません。五音に該当する箇所なので五音に訓むべきなのでしょうが、提出されている諸訓説（例えば、「おほなわに」）には理解可能な日本語の意味が見出せません。「浦吹

れるな！〟と、強い口調で禁止しています。「忘れないでね」という哀願や願望ではないのです。その相手はもちろん家持です。哀願では家持には通じないことを十分に分かっているからです。この歌におけるような強い命令口調[*3]はこの歌以前になく、この後にも見えません。それだけに、この歌における強烈な意志を見ることができます。追い詰められているという状況を自覚しているからでしょう。この第一句については、「忘る」という言葉にも留意する必要があります。「人もな忘れ」は、「我も思ふ」という句に続いていますので、〝私を愛することを忘れるな〟という意味になります。ということは、笠女郎と家持は相思相愛であるという前提になっていることになります。少なくとも一度は家持と結ばれたはずですから、その前提は間違ってはいないのでしょうが、しかし、この歌が詠まれたころの〝現状〟では、笠女郎には完璧な自信があったわけではなさそうです。家持のことを「人」と言っていて「君」と言っていないところなどは、自信のなさを感じます。まともに「あなた」と言えないためらいがあるのではないでしょうか。家持とは〝相思相愛だ〟という自信がないからでしょう。

家持に対して「人」と言っている例は〔08〕〔18〕〔19〕〔21〕に見られま

く風の」の箇所は「止む時なかれ」を引き出す序詞と思われますが、〔多奈和丹〕も序詞の一部かもしれません。あるいは、地名かもしれません。その他色々なことが想定されますが確実なことは全て不明です。

*2 「人もな忘れ」―「な」は禁止する意を表す副詞。「……するな」。「な……そ（ね）」の形だと禁止よりは柔らかい哀願の意になるとされます。「忘れ」は「忘る」（動詞・下二段）の連用形。

*3 笠女郎の歌における命令口調―命令形を使っているケースはいくつかあります。〔06〕の「見つつ偲はせ」、〔26〕の「皆人を寝よ」がそれですが、〔06〕には「す」という尊敬の助動詞が使われていて、命令の強度は薄れます。〔26〕は命令の対象が不特定ですので、家

した。それぞれの場合に、「人」であるそれぞれの必然性がうかがわれました。この場合も同様で、この歌における必然性があるのです。

この歌の後半の主意は「止む時なかれ」に集約されています。不解読部分がありますから、この結句に込められているニュアンスが十分には把握できないのですが、前半の「人もな忘れ」の繰り返しになっていることは明らかでしょう。繰り返すことによって前半の主意を強調しています。「止む時なかれ」の「なかれ」も命令形です。右述の〝強い口調〟は一首全体を通して保たれています。〝永遠に私を愛せよ！〟笠女郎の必死の叫びです。

この歌が家持に対して贈られた歌であることは、一首が命令で終始していることによって明白です。従って、ここまでの叙述も対家持の立場で行ってきました。しかし、結句の「浦吹く風の止む時なかれ」には、自分自身に向かって発せられた祈りのような静けさも感じられるのです。家持の、私笠女郎への愛情が信じられなくなって、効果はないとわかっていながら縋《すが》りつく一筋の糸のような祈りです。そのような内向性がこの歌にも見出されるのです。


持への関りはありません。〔09〕の「我が名告らすな」の場合は、「な」が禁止の意の助詞ですが、これも尊敬の助動詞「す」が使われていて、全て、命令の強度はこの歌の「人もな忘れ」よりは弱いのです。

26

皆人《みなひと》を寝《ね》よとの鐘《かね》は打つなれど　君をし思へば寝《い》ねかてぬかも

【出典】万葉集・巻四・六〇七

〔歌意〕皆の者を、寝静まれと合図する鐘の音は聞こえるが、（私だけは）あなたのことを思っているので、眠ることなどとてもできるものではありません。

夜着の中に独り身を横たえている笠女郎の耳に[*1]「皆人を寝よとの鐘[*2]」が、闇を震わせて聞こえてきました。本来なら「君」が自分の横に居るのが当然という状況の下においてです。煩わしく苛々《いらいら》させる鐘の音です。すなわち、衆人は既に穏やかな寝息を立てていると思われる時刻なのですが、笠女郎は「寝ねかてぬかも」と言っています。「皆人」とは違う自分を意識している言葉です。〝他の皆《み》んなはどうか知れないけれど私（だけ）は眠ろうとしてもとても眠られるものではありません〟というのです。「打つなれど」という

＊1「皆人を寝よとの鐘」―人々に就寝の時刻だよと告げる鐘の音。宮中の陰陽寮で打ち鳴らします。『延喜式』（養老律令の施行細目の集成書。延喜五年〈九〇五〉編纂開始）「陰陽寮諸時撃鼓」条によれば、一日に十二回時刻を知らせるために鼓を打つことになっ

表現の口調には、「皆人を寝よ」と打つ鐘の音を他人事《ひとごと》のように聞きなしているような感じがどこか漂っています。眠れぬ原因は、「君をし思」っているからです。

夜半というシチュエーションは彼女の歌ではこの歌のみです。眠れぬ夜が今までなかったわけではないのでしょうが、「寝ねかてぬかも」に込められた悶々として眠れない思いは極限に達したという感じがあります。今宵も家持の訪れはなかったのです。

笠女郎が「君をし思」っているその内容はどういうものなのでしょうか。自分が家持のことをどんなに愛しているか、抽象的・観念的にではなく、具体的に、現在のことだけでなく、好きになってから今までのことをあれこれ思い出しているのでしょう。そして、そういう私に対するあの人の対応はどうだったたか、私の愛情にどれだけ応じてくれたか、などなど。床に就いてからずっとそれら諸々が頭の中を駆け巡り渦巻いていたのでしょう。その思いが喜びを生むものなら安らかな眠りに誘われたでしょうが、当然眠りを誘うような物思いではない。逆に頭は冴《さ》えわたっていたというのは自然の成り行きです。「打つなれど」という表現にもまた、どこか他人事《ひとごと》のように聞きな

ていて、「刻」（「時」の前後三十分）には鐘を打つことになっていました。同条に「鐘は刻数に依る」とあります。夜の場合、戌時（八時ころ）なら五回、亥時（十時ころ）なら四回というように。天武紀十三年十月十四日の「人定」（寝静まるころ、夜更けの意）に「ゐのとき」と訓む日本書紀古訓があり、この歌の「寝よとの鐘」は、亥刻の鐘、一日最後の鐘であろうと思われます。

＊2　鐘が聞こえてきた――「打つなれど」の「なれ」（終止形「なり」）は、音から判断する意の助動詞。〔11〕に記してあります。

している感があります。

笠女郎の耳に入ってきた「寝よとの鐘」は、亥《ゐ》の時の四点鼓の三十分後に鳴らされた四点鐘でしょう（脚注＊1参照）。一日の最終の時刻が告げられた夜十時半ころになります。当時の官人は朝が早かったこともあって一般的には夜は早寝だったと思われます。ですから、笠女郎はずいぶん遅くまで眠りに入れなかったことになります。苦悩の深さが浮かび上がってくる描写となっています。

この歌は、前提として、家持に贈られているということによって既に明らかなのですが、歌中に「君をし思へば」とあることによっても明白です。特に、「（君を）し」という「君」を強調する助詞が使われていますので、私が思っているのは、「君」以外の誰でもない、まさに「君」なのだと、思っている相手が家持であることを強調しています。これには、家持のことだけという意味合いも含まれていると思われます。笠女郎の頭の中は家持によって占められているのです。家持に対する思慕の念、しかも、報《むく》われていないしこれからも報われないであろうことが確実な思慕の念は笠女郎の脳内に充満しているのです。次の歌〔27〕を勘案すれば、この歌は爆発寸前という感にもなります。

一方でこの歌は、「寝ねかてぬかも」で結ばれています。「かも」という深い詠嘆は多分に自分に向けている感じがあります。家持の訪れは今や期待できないとわかっていても思慕の念は消えてくれないのです。思いを断ち切れない自分、未練にしがみついている自分に対して哀れみ愛《いと》おしむ思いを噛《か》みしめている趣が濃厚です。なんとも切ない感を覚える歌です。

27

相思《あひおも》はぬ人を思ふは　大寺《おほてら》の餓鬼《がき》の後《しりへ》に額付《ぬかつ》くごとし

【出典】万葉集・巻四・六〇八

〔歌意〕相思相愛ではない人を愛するのは、格式高い大寺に置かれている地獄の餓鬼像の後ろ姿に、額を床に付けるという、礼を尽くした礼拝をして拝むようなものです。

家持との訣別《けつべつ》の歌です。家持に対しては、その宣言であり、自分自身に対しては、その確認と決意を自身に促す歌です。

一首の大意は、片思いの相手（あなた）を愛するという行為はナンセンスの極み、なんとも屈辱的な行為だ、というものです。ただし、相手を非難しているというよりは、自分に対する自嘲の気持ちを歌っているという方が強いでしょう。

このことを一首に仕立て上げるのに、笠女郎は巧みな表現方法を駆使しています。即ち、「相思はぬ人を思ふ」ことの意味を述べるために、「大寺」以下の下三句を使っているのですが、「大寺」と「額付く」というプラスの意味の言葉を一首の首尾に置き、プラス効果を高めているかのように見せておいて、中間に「餓鬼」「後（に額付く）」というマイナスの意味の言葉を挟むことによって、プラス効果を逆転させ、全体のマイナス効果を最大限にまで高めようとしているのです。細かく分析すれば、まず、「大寺」は、この歌が作られた天平初年のころでは、限定された寺の一つで、格式が高く権威があると見なされていた寺であったようです。その寺のご本尊は何でも願い事を聞き届けてくださりそうな崇高な仏様のイメージになります。「相思はぬ人」を「相思ふ人」にしてくださりそうな仏様のイメージです。そして、「額付く」は、額を地面や床に強く打ち付ける礼拝の仕方で、最も敬意が高い礼拝と考えられていたようです。すると、「大寺」に「額付く」のはいかにも効果がありそうで、片思いなどは簡単に解消してくださりそうです。しかし、「大寺の餓鬼」となると、大寺のプラス効果が反対のベクトルに作用して、とても強悪な地獄の餓鬼というマイナスイメージが強調されてきます。すると、餓鬼に願掛けをする行為の無意味さが強烈に打ち出されることになりま

＊1 天平初年の頃の「大寺」―平城京内に建てられていた、大安寺・薬師寺・元興寺・興福寺の四寺です。笠女郎が想定していた大寺がどれか、限定はできません。東大寺はまだ建立されていません。

す。呪いならとても効きそうですが。そこへもってきてさらに、「餓鬼の後」とあります。礼拝は仏様の正面からでないと聞き届けてはくださらないでしょう。後ろからの礼拝では無意味です。しかも、仏様ではなく餓鬼の後ろです。額付くことの無意味さが一層強調されていきます。

このように、「大寺」によって生じる多少の期待度を利用して「餓鬼」によって正反対のところに落とし、「後」によってマイナスの意味を一層際立たせ、「額付く」行為がいかにナンセンスな行為であるか、屈辱的な行為であるかということを強調しています。「大寺の餓鬼」はあなた、唾棄《だき》すべきあなた、「後に額付く」のは私。これはもちろん、片思いの男を愛するということの無意味さ、空しさをいうための表現です。マイナス効果の表現をこれでもかとばかりに畳みかけるように重ねていくところは、自分に対して腹立たしくて、自分を責める思いを抑えきれないといった、激しく吹き出す自虐・自嘲の思いを感じざるを得ません。

笠女郎がこのような自虐・自嘲の念を抱いたのは、〝私は「相思はぬ人」を思っていたのだ〟ということをはっきりと認識したから、認識せざるを得なくなったからでしょう。この歌以前にも示されていたように、家持に対して笠女郎は不信感を抱いていました。それでも、相思相愛のはずだと思い込んでいた、あるいは、その思いにしがみついていた。けれども、家持の反応のなさに、ようやく愛されていないことを認めざるを得ないと思い至ったのでしょう。認めることは辛いことです。自分はまだ愛していると思うと辛さは何倍にもなるでしょうし、無意味な愛だったと思うと、空しい行為に対する脱力感・空虚感に襲われ、自嘲・自虐の念に襲われてきたのでしょう。この歌の自虐の強さが、空虚感がいかに深いかを思わせます。

笠女郎の自嘲・自虐のこの歌が相手の家持に届けられたとなると、「大寺の餓鬼」は家持だと確定し、家持に対する皮肉・嫌みになります。〝私はもうこんな間抜けはしたくありません〟という家持への訣別宣言になります。それにしても、なんとも痛烈な宣言になっています。吐き捨てるような、叩きつけるような宣言です。

ただ、切ないのは、笠女郎には家持を愛する気持ちが決して消えてはいないことです（後〔29〕に述べます）。

28

心ゆも我《わ》は思はずき　またさらに我《わ》が故郷《ふるさと》に帰《かへ》り来《こ》むとは

【出典】万葉集・巻四・六〇九

〔歌意〕本当に心の底から私は考えてもみなかった。再びまた昔の所に帰って来ようとは。

この歌の次の歌〔29〕の左注に、

右の二首は、相別れて後に更に来贈る。

とあります。この左注を信じれば、①この歌と次の歌との二首が一括して家持のところに贈られてきたこと、②二人の離別後になおも届けられたこと、ということになります。この注は家持が書いたものですから、家持の立場で書かれていることになります。笠女郎は、この歌の直前〔27〕において、家持に対して訣別宣言とも理解し得る歌を贈っています。その後二人の関係がどうなったか、詳細も何もわかりませんが、その〔27〕の直後に掲げられているのがこの「相別れて後」と家持が記している歌ですから、少なくとも家持は、笠女郎とはすでに離別していると判断していると考えられます。この左注の「別れて」は、単に家が遠くに離別しての意かもしれませんが、このことはすなわち二人の関係が離れたことをも意味します。また、「更に」も、これまで贈られてきた歌に引き続きの意なのでしょうが、別れてもなお（それなのになおも）という思いも込められているのではないでしょうか。つまり、別れたのだから今更なんだ、という気持ちが左注に滲んでいるように思われます。これは家持の受け止め方です。

笠女郎の歌は、〝私、図《はか》らずも遠くに引っ越しました〟ということです。もっと縮めれば、この歌は転居通知だと言うことです。しかし、決して単純な転居通知ではありません。上二句の「心ゆも我は思はずき」[*1]には、笠女郎の深い思いが込められています。〝意外だ〟とか〝考えたこともない〟というようなありきたりの口語訳ではとても彼女の気持ちを表現したことにはならないと思われる激しいショックが込められていると思われるのです。この句と同じ句を使った〔20〕のところで、「ああ、ショック!」と記しました。ここも同じです。

*1「心ゆも我は思はずき」―これと同じ句が〔20〕に使われています。そちらは、家が近いのに逢えないことへの驚愕であり、これは、遠くて逢えないことへの驚愕です。条件は対照的です。この歌のこの句は、〔20〕を意識し計算して使っているのでしょう。

笠女郎が転居した理由は下三句に記されています。「我が故郷に帰」って来てしまったということです。帰郷がショックだというのは、もちろん、家持の訪れが不可能になるほど遠く離れてしまったということを示しているのですが、笠女郎の「我が故郷」[*2]が具体的にはどこなのか不明ですので、どの程度遠いのか分かりませんし、「帰り来」た理由も不明です。[*3]従って、笠女郎のショックの程度がどの程度なのかも分明ではないのですが、歌の口ぶりは悲鳴に近く、絶望の響きが濃厚です。

このように受け止めてくると、笠女郎は、家持と別れた（恋人関係ではなくなった）とは考えてはいないと思われます。彼女は家持をまだ愛し続けているということが、この歌の中からは言えましょう。このことは、次の歌〔29〕にもっとはっきりと示されています。〔27〕のような攻撃的な歌を贈っているのに家持のことを諦めてはいなかったのです。これに対して家持は、この文の冒頭に記しましたように、笠女郎とはすでに別れている、関係は切れていると認識しているのです。ここに、二人の間には、相手に対する明確な認識の相違が浮かび上がってきています。二人の思いにはずれがあります。それを決定的に証明しているのがこの歌です。

＊2　笠女郎の「故郷」の場所―「ふるさと」は「古い里」で、以前住んでいた土地の意です。この歌の場合は、①笠家の本貫（本籍）の地、②平城京以前に都があった飛鳥・藤原の地、などが想定されます。平城京内の以前の住所ではないでしょう。①だと、備前国笠（岡山県笠岡市）になり、②だと平城京遷都以前の住所となりますが、そのいずれかの決め手は見出し難いのです。いずれにしても、妻問いは無理な距離のはずです。

＊3　転居の理由―転居地が右の注に記した①②どちらでも、親の都合によって強

笠女郎にとっては、転居という、愛情とは無関係の外的な思いがけない要因によって、有無を言わせない絶対的な離別を余儀なくされてしまったのです。抗《あらが》えない状況に置かれて、笠女郎は茫然《ぼうぜん》としています。そのような思いを込めているのがこの歌であり、それがこの歌を単なる転居通知にはしていないのです。

引に転居させられたのでしょうが、親の都合に関しては皆目不明です。親の名前すら不明ですので。①だと、親が地方官に転出したということかもしれません（②も同様か）。失恋したので家持から離れたという事情ではないでしょう。

29

近くあれば見ねどもあるを　いや遠《とほ》に君がいまさばありかつましじ

【出典】万葉集・巻四・六一〇

〔歌意〕家が近いならば逢わなくとも過ごせるものですが、あなたがますます遠くいらっしゃるならば、とても生きてはいられないでしょう。[*1]

笠女郎が〝故郷〟に去《い》ってしまった後に、家持の許に届けられた二首のうちの二首目の歌です。一首目には表面にはっきりとは出ていなかった、未だ消えていない家持への熱い思いがこの歌では露《あら》わに出ています。これは、二首を一組にするという構想が先にあって、一首目と二首目とを役割分担して詠み分けているからです。一首目は転居の通知を主題にし、この二首目は転居時の心情の表明を主題にするという役割分担と理解されます。

上二句の「近くあれば見ねどもあるを」は、遠く離れているという現状に

*1 〔歌意〕―「いや」はますます、いよいよの意。「かつ」は、できるの意。「ましじ」は、打消の推量・意志を表わす助動詞。できないだろう。

おける心情の描出を効果的に表現するために設定した状態です。恋人の家が遠いのとは逆の、近い場合は普通どういうことになるかという仮定の状態を想定しています。恋人の家が近ければ逢えなくとも何とか耐えられるというのです。近ければいつでも逢えるからという安心感が前提にあるからでしょう。一般論風に歌っていますが、笠女郎自身の体験が基になっているのはもちろんです。彼女は、家が近いのに家持は逢いに来てくれないという辛い状態にあり、それに辛うじて耐えて来ていたのです。

　では恋人との家の距離が遠くなったらどうなるか、という仮定に対する答えが下二句に詠まれています。〝ずっと遠くに離れたら生きてはいられません〟というのです。これは、あなたとは今も遠く離れているけれど、もっと遠く離れたら生きてはいられないということです。すると、今くらいの遠距離なら平気ですと言っているようにも聞こえるかもしれませんが、それは違うでしょう。〝今以上に遠くになったら私の命の限界は超えてしまいます。今の状態がすでに限度です〟といっているのです。もちろん、これ以上離れるかどうかは笠女郎（または、父）の側の問題であって、家持の意思[*2]とは別ですが。

＊2　家持の意思──家持の方が地方官になってますます遠距離になることもあり得るかもしれませんが、家持はこのころまだ若年で、その線はないでしょう。なお、歌には「君がいまさば」とあります。「います」ですから、遠くに行くのではなく、遠い状態であるの意ですから、笠女郎は家持が遠くに行くとは言っていません。

家持が仮に、笠女郎と逢おうとしても、それが不可能なほど今は離れている。そのことは彼女も十分に理解している。しかし、逢えないことは分かっていても、また、分かっているからこそ、逢えない苦しみは彼女の身を嘖《さいな》んでいるのです。そして、その苦痛はもはや限界ですと家持に訴えているのです。もっとも、家持に訴える段階の前に、自身の内面に対して、〝私もう限界だわ〟と呟《つぶや》いているのです。そういう歌い方にこの歌はなっています。

以上によって分かりますように、笠女郎は家持への思いを断ち切ったかのようなそぶり〔27〕を見せていながら、今なお、思いを捨ててはいないのです。消えてもいないのです。消えるどころか、家持への思慕の思いはますます募っているといった様子です。しかし、この歌には、そうも断定はできない面もあるのです。「君がいまさば」という箇所に留意してみます。

笠女郎が家持を呼ぶ際に使っている呼称[*3]は、君・背子《せこ》・人の三種です。「背子」（特に、我が背子）には親しみが込められています。家持に対して使った「人」には、皮肉・嫌みなどが込められていました。「君」は、基本的に敬意の込められたことばであり、改まった感があります。その「君」がこの歌に使われているのです。次に、「いまさ（ば）」です。これは、尊敬語です。

＊3　家持への呼称―「我が背子」は〔09〕の一例のみ。早い段階の時です。「人」は、〔08〕〔18〕〔19〕〔21〕〔25〕〔27〕などと多用されています。それぞれ違う使い方をしています。「君」の場合は、〔05〕〔12〕〔16〕

笠女郎が家持に対して尊敬語を使っているのは、ほかには、〔06〕の「（偲は）せ」と、〔09〕「（告ら）す」のみです。ともに、初期の段階の作に見られます。このような敬意を含む「君」と「います」が、遠く離れてしまった状態でのこの歌に使われているということは、笠女郎の心中には、〝別れてしまった人〟という感情、心情的な距離感を家持に感じていたからだと思います。そういう家持に対して、「ありかつましじ」[*4]、もう限界よ、と訴えているのですが、その裏には諦めが潜んでいると言えましょう。そうすると、この「ありかつましじ」が恋歌の常套句であることも考慮すれば、強い未練をこの歌から引き出すのも躊躇《ちゅうちょ》されてきます。家持の訪れを期待することは絶望だという状況を強く認識しているからでしょう。別れのご挨拶風な匂いもします。ただ、家持への思慕の情は決して消えたわけではない。未練を残した諦めの情を訴えているのがこの歌です。

　笠女郎の、家持への思慕の念は、家持の対応が非情であるにも関わらず、強く深く弱まることもなかったのですが、外的な要因によって諦めざるを得なくなってしまった。それにもかかわらず、なおも愛は消えていないのです。男と女の、生臭さが生じる可能性が消えて情念のような感情は後退し、愛が

〔23〕〔24〕〔26〕などに見られます。

*4　ありかつましじ―全七例が相聞歌に使われています。相聞歌の常用句の一つです。

残ったのでしょう。

　この二首をもって笠女郎の歌は万葉集から見られなくなります。笠女郎のその後は杳《よう》として知れません。

【附載】

大伴宿祢家持の和《こた》ふる歌二首

家1　今更《いまさら》に妹《いも》に逢《あ》はめやと思へかも　ここだく我《わ》が胸《むね》いぶせくあるらむ

【出典】万葉集・巻四・六一一

【題詞】大伴宿祢家持が（笠女郎の歌に）応じた歌二首

【歌意】今後またあなたに逢えはしないだろうと思うからでしょうか、こんなにもひどく私の胸中は鬱々として晴れないのでしょう。

遠く離れてしまった笠女郎の歌二首〔28〕〔29〕に対して家持が和《こた》えた歌です。家持が笠女郎に贈った歌で万葉集に残っているのはこの二首しかありません。理由は不明です。

この歌は、その二首のうちの第一首目です。〝あなたとはもう逢えないのだと思うとなんとも気持ちは晴れません〟というものです。「今更に逢はめや」*1という言い方は、〝逢えないような状況を作ったのはあなた笠女郎であっ

＊1　「今更に妹に逢はめや」―「や」は、疑問の意を表す助詞で、ここでは疑問の意の強い反語としての使い方になっています。今後また逢えるだろうか、いや、（とても）逢えないであろう、の意です。

て私のせいではありません〟と言っているのであって、私は逢いたいのに[*2]、という意味合いが潜んでいます。それはそうなのかもしれませんが、家が遠く離れる以前はどうだったのか、逢いに行かなかったのは家持おまえさんでしょ、と言いたくなるような台詞《せりふ》です。空々しい感を覚えます。

主情を詠じた後半部分にもこれと同じような空々しい感を覚えます。中でも、「いぶせし」の箇所にそれが強いと感じます。「いぶせし」は、思い通りにならない感情が心中にわだかまって気持ちが晴れやらぬという感情を表すことばです。この歌では、笠女郎と逢えない現状と、将来もまた逢えないであろう状態における心情を表すのに用いています。万葉集では、このような使い方即ち、異性と逢えないでいる時の鬱情を表すのに使われているのが、家持以前の用法になっています。その点では、この歌で使っている「いぶせし[*3]」の意味は通常の使い方です。つまり、逢えない苦しみを相手に訴える常套句です。従って、手慣れた言葉を使っているという感があって、切実さは減じます。家持は、笠女郎から「相思はぬ人」〔27〕と言われた人です。そのような人が相手に対して「いぶせし」と言っているのです。切実感は更に減じるのですが、それ以上に、「いぶせし」は真意ではないという感を持ち

＊2 私は逢いたいのに―家持の本心ではないでしょう。あくまでも、返事の挨拶としての含意です。

＊3 「いぶせし」―品詞は形容詞ですが、「いぶせむ」という動詞例（一例）も含めて、万葉集中全十例。そのうち家持が半分の五例を占めています。家持以外の例は全て家持以前のものです。そして全てが異性と逢えないでいる時の心情の例

ます。笠女郎が遠くに行ってしまって逢うことが不可能になったという確とした状況を前にして、もう逢わなくともよいという思い、ホッとした安堵の思いが、本意ではない「いぶせし」を口に出してしまった、というのではないでしょうか。安心して「いぶせし」と言っているのでしょう。更に、「こだく」と、「いぶせし」を強調している点も、大仰すぎて、思いの真実味を減少させています。このように、後半部分にも、言葉とは裏腹な家持の思いが透けて見えますので、一首全体が白々しさを覚える歌になっているのです。

笠女郎が家持に贈った歌には、家持に対して自身の思いを訴えるというメッセージ性が明確に出ていました。その一方で、笠女郎自身の内面に対して語りかける口調、自らの思いを確認する姿勢、自身に問いかける姿勢がありました。しかし、家持のこの歌には、自身への問いかけは見られません。「(いぶせくある)らむ」という箇所は、自身の心を推し量ってはいるのですが、右に述べましたように、真実味に欠ける面が強いので、笠女郎の場合のような、自身への問いかけの切実さは感じられず、表面上の〝自身への推量〟に終わっています。この違いは、ひとえに、歌に懸ける姿勢の違いによるで

です。この歌に関してはそれでよろしいのですが、家持の他の四例の中にはそれらとは違う意味での使い方が見られるのです。

隠りのみ居ればいぶせみ慰むと出で立ち聞けば来鳴くひぐらし（巻八・一四七九）

雨隠り心いぶせみ出で見れば春日の山は色付きにけり（巻八・一五六八）

この二首の鬱情は、屋内に閉じ込められていることによるものであって、恋情は関わっていないと思われます。家持の真骨頂を示す、家持独自の感性が発揮されている歌です。右の二例目は天平八年の作で、今採り上げている歌はそれよりも僅か三、四年前の作です。だとすると、［家1］の「いぶせし」も、もしかしたら、今までの煩わしさから解放

しょう。笠女郎は真剣、家持はご挨拶です。

されて独りでいる孤独の情にふと襲われたことを示しているのかも知れません。家持は孤独にはとても敏感な人でしたから。

家2

なかなかに黙《もだ》もあらましを　何すとか相見初《あひみそ》めけむ　遂《と》げざらまくに

【出典】万葉集・巻四・六一二

〔歌意〕いっそのこと黙っていればよかったのに、どうして(あなたと)逢い始めたのでしょう。添い遂げることはないでしょうに。[*1]

＊1「なかなかに」は、「なか(中)」を重ねた語で、真ん中の意から、中途半端でどっちつかずの意、更に、中途半端であるよりはいっそのこと(違う方がよい)の意になる。「黙」は、沈黙するの意。

家持の、笠女郎への返歌の二首目です。一首目には、家持の白々しさが見られたのですが、この歌こそ、今更何を言うか、という感のする歌です。

笠女郎とは遠く離れて添い遂げることが不可能になった現状、別れが確定した現状を踏まえた上での結果論を述べているのがこの歌なのですが、その内容たるや、笠女郎と男女関係を持ったことへの後悔、愚痴、ぼやきといったものになっています。しかも、その後悔等を相手の笠女郎本人に贈っているのです。今更何をと右に書いた所以《ゆえん》です。このことをもう少し歌に沿って分析してみます。

まず、冒頭の「なかなかに黙もあらましを」です。あなた（笠女郎）に声を掛けない方がむしろよかったというのは、やむを得ない理由による離別という結果が予想外のことだったからということによるのですが、それにしても、あまり真剣な気持ちで笠女郎に言い寄ったわけではないことを暗示しています。本気で愛を遂げる覚悟がないままに言い寄ってしまったということなのです。

次は、第二句の「何すとか相見初めけむ」です。これは、〝どうしてあなたに逢い始めたのでしょう〟と、笠女郎に問いかけている口調でもあるのですが、〝どうして私はあの女に逢い始めたのだろう〟という、自分自身に問いかけている言い方にもなります。〝あの時、今の離別があると分かっていたら関係はもたなかったのに〟という反省のつもりにも聞こえますし、愚痴、ぼやきにも聞こえます。そして、「どうして……なのでしょう」という、第三者風な言い方は、自分には責任がないという言い方であり、責任を相手に押し付けている、明らかに責任逃れの言い訳で弁解です。そもそも、異性と付き合おうかどうかという時に、将来別れるかもしれないから付き合うのは止めておこうか、などということを考えることはあまりないと思われます。

ですから、そんなことを持ち出す家持は、やはり、責任逃れをしていることになりましょうし、愚痴を相手に言うなどと言うことは嫌みです。*2

百歩譲って、家持に好意的な見方をしてみましょう。〝添い遂げられないことが最初からわかっていたらあなとは付き合わなかった。それなのに関係を持ってしまって、結果としてあなたを傷付けることになってしまい申し訳ありません、重々お詫びします〟という気持ちが「何すとか相見初めけむ」に含まれているのかも知れません。それなら、家持は潔《いさぎよ》いと言えましょう。また、「相見初め」という言葉を使っているのですから、あなたに言い寄って男女の関係を始めたのは私ですと、一応は自分の責任を認めています。しかし、添い遂げられなかった原因については、責任は私にありますとは言っていませんし言及もしていません。原因が笠女郎にあることは明白だからです。つまり、添い遂げられなかったのは私ではなくあなたに原因がありますと言って、別れの原因を笠女郎に押し付けていることになります。ですから、百歩譲ってもやはり家持の責任逃れは免れません。

このようにこの歌を読んで来ますと、家持は、笠女郎と離別せざるを得なかったことに対する責任逃れ、言い訳をしていると言えます。すると、笠女

*2　愚痴を相手に言う──本当に好きな人に対してなら、嫌みではなく甘えになりましょう。嫌みになる言い方だけれど本心ではないことを相手は分かっているはずだという信頼関係が確立しているから言える「嫌み」なのであり、相手に対する甘えの表れです。家持のは違うでしょう。

郎に言い寄ったのは真剣にではなかった、つい出来心で関係を持ってしまったということを漏らしてしまっているという印象が強いのです。ところが、相手の笠女郎は本気でした。二十九首の歌がそのことを如実に示していますす。家持は戸惑っていたことでしょう、笠女郎の熱情を持て余していたことでしょう。ですから、家持は、自分に責任のない原因での離別という結末に本心ホッとしていたのではないでしょうか。

家持の、笠女郎への二首は、結局、離別は確定しているという前提による安堵感が詠ませた歌だと思われますし、その安堵感があるからこそ笠女郎に初めて歌を贈ったと言えると思います。

ですが、それでは笠女郎はあまりにも哀れです。だからというわけでもありませんが、一言添えておきます。この一首は、私が言い寄っていなければあなたは傷付かなかったでしょうにというニュアンスを残しています（そのことは右にも触れましたし、〝家持は潔い〟とも書きました）。これは、笠女郎に対する家持の優しさ、優しい心遣いではないのでしょうか。ここまで、家持の無責任ぶりを強調してきましたが、必ずしもそうではなく、笠女郎への救いの道を残したのかもしれません。

◎笠女郎を読み終って

笠女郎の歌全二十九首を読み、彼女の心の中を極力丁寧に探ってきました。その結果、どのようなことが浮かび上ってきたでしょうか。ピアノの詩人と言われる作曲家ショパンの曲は全て聞く人を甘美な世界に引き込んでいく強烈な魅力を持っています。その意味で、彼の曲はどの曲を聴いても当り外れがない、と思います。当り外れがないという点においては、笠女郎の歌も同じです。彼女のどの歌も読む人を惹きつける魅力に満ちています。特に、苦渋・悲哀の中にも甘美な味が漂っているところなどです。

笠女郎自身にとって、それはいかに可能だったのでしょうか。家持を深く愛していたからとか、優れた歌才を持っていたからということは確かに言えることかも知れません。それはそうでしょうが、一般的な説明過ぎてあまり説明したことにはならないでしょう。もっと突っ込んだ説明が必要だと思います。

まず言えることは、彼女は比喩表現が実に巧みで、彼女の比喩表現によって、描かれた景が鮮やかに浮かび上がり、心情を効果的に生かしていくのです（このことは各歌のところで述べました）。この、比喩表現の巧みさは彼女の想像力・空想力の豊かさを示しています。

次には、歌が二重構造になっていることと関わります。彼女の歌は全て家持に贈られていますので、当然のことながら、歌いかける歌い方になっています。しかしその一方で、自分自身の心の奥に歌いかけている姿勢も強いのです。その姿勢は結局は家持のところに届けられるわけですから、自分自身への歌いかけは家持に対する問いかけ、訴えというメッセージにもなるのです。この二重構造が、彼女の歌を重層的かつ複雑にし、歌は厚みを持つことになるのです（このことも各歌のところで述べました）。万葉集内の相聞歌で、自分の心を覗き込むような歌い方をしながら相手に贈っている歌は他にもありますので、笠女郎のみの特色ではないのですが、それでも彼女の歌は目立ちます。笠女郎自身の自己凝視の深さによるのでしょう。でもしかし、彼女の歌は家持の心を動かせずに終わってしまいました。笠女郎の歌は、最初に示した歓喜の後、次第に憂色を帯びそして濃くして行き、「待つ女」の苦渋を露わにしていきます。家持に冷たく接しられたことが、逆に彼女の熱情を掻き立て、潜んでいた〝ことば〟が、湧き出すように迸《ほとばし》って歌になりました。家持の冷たさが、彼女の絶唱を引き出したと言えます。

家持の笠女郎自身への愛がなぜすぐに冷めてしまったのか、その理由は分りませんが、しかし、彼女の歌は愛したのです。二十九首もの歌がそのことを明確に証明しています。家持は消去せずに残しただけでなく万葉集の中に留めたのです。

家持の作歌の中に

水鳥の鴨の羽色の青馬を今日見る人は限りなしといふ（巻二〇・四四九四）

というのがあります。この「水鳥の鴨の羽色の」という句は、笠女郎の「水鳥の鴨の羽色の春山の」〔04〕と酷似しています。右に傍線を施した句は万葉集中この二句のみです。明らかに家持は笠女郎の句を利用しています。家持の歌は天平宝字二年（七五八）の作ですから、笠女郎の作よりも二十四、五年後になります。よほど印象深かったと思われます。優れた歌表現に対する嗅覚と記憶力の鋭さは、家持がやはり優れた歌人なのだということを鮮やかに示しています。繰り返しになりますが、家持は、笠女郎を女性としては愛さなかったけれど、その歌才は愛したと言えます。

そして笠女郎は、愛は報われなかったけれど、逆にそのことによって、豊饒《ほうじょう》の歌世界を永遠に遺すことになったのです。

解説

一　笠女郎の歌――特色と魅力

笠女郎の歌は、万葉集の中でも圧倒的な迫力をもって我々に迫ってきます。その迫力は額田王の歌を超えるところがあると私には思えます。

笠女郎の歌は万葉集に二十九首収められていますが、その全てが一人の男―大伴家持に贈られている恋の歌であり、彼との恋の始まりから終りまでが見て取れるのです。二人の関係は、あまり長い期間に渉ってはいないと思われますが、それだけに、短期間の恋の顛末《てんまつ》が凝縮した形で示されているわけで、濃厚な内容になっています。

笠女郎が家持に贈った歌は二十九首ですが、家持が彼女に贈った歌はわずかに二首で、しかも離別してからの歌です。このようなアンバランスになった理由はわかりませんが、恋人どうしの歌のやり取りという形に必ずしもなっていないことによって、笠女郎歌群は、ある女の恋の成り行きがモノローグ風に語られ展開していくという、一種ドラマチックな作品群になっています（もっとも、このような形に組み上げたのは家持なのですが）。しかも、季節が歌い込まれた歌が極少（二首）で、季節との関りの薄さが右のことを際立たせています（注1）。そして、個々の歌は、抜群の言語感覚による造語力と細やかな感性とによって情感溢れるものになっています。右に、モノローグ風と言いました。笠女郎の歌は自身の心の中に向けて発しているという歌い方のものが大部分であり、それが、モノローグ風の感を強くしているのですが、実は、全て家持に贈られています。贈る歌でありながらその一方で自身の内部に向けているという二重性を持っています。この二重性が彼女の歌を一筋縄ではいかないものにしているのです。

注1　恋歌に季節を詠み込むこと―相手に贈る恋歌に季節を読み込むのは、時候の挨拶、季節の風物に寄せて恋情を歌うというなどの狙いがあるのですが、彼女の歌に季節歌が僅少なのは、挨拶性を排除しているということになります。これは、心情を直截に相手に突きつけようとしていることでもあり、笠女郎の歌が迫力のある理由の一つになっています。

二　笠女郎の閲歴

閲歴と言っても、はっきりしていることはほとんどありません。直接資料は万葉集が全てであり、しかも、「笠女郎が大伴家持に贈った歌」と記す題詞と、その歌だけです。これをもとにして以下のようなことが調べられています。

笠女郎という呼称は、笠一族の女性という意味で、本当の固有名はわかりません。笠氏は備中国（岡山県）に本貫（本籍）がある、中の下くらいの元地方豪族で、三位以上の高位高官は出ていません。笠女郎に卓越した歌才を賦与した（かもしれない）父が誰であるかも不明ですが、候補者が三人挙っています。一人目（順不同）は、笠金村。万葉集第三期（家持の父、大伴旅人も同じ）の代表歌人の一人。公的な歌をよくする宮廷歌人的な人です。旅人との関係は不明。二人目は、笠麻呂。かなりの能吏でしたが出家して沙弥満誓と称し、造観世音寺別当として大宰府赴任中に大宰帥大伴旅人や筑前守山上憶良らと文雅の交りを持ちました。家持も少年時に大宰府にいた時があり、知り合っていたかも知りません。歌数は少ないのですが、佳品。三人目は笠御室。旅人が征隼人大将軍の時の副将軍。万葉集に歌はありません。この三人をさらに絞るのは難しく、またこの三人以外の可能性を排除することもできません。ただ、父がだれであっても彼女の歌才は親を凌駕していると思われます。そして、笠女郎の作品は、彼女自身が生み出した、彼女自身のものになっています。

笠女郎と家持が歌の贈答をしたのは、天平五年（西暦七三三年）ころであり、時に家持は十五歳、笠女郎は家持よりも多少年上であったのではないかと推察されています。

三　笠女郎の恋の相手——大伴家持

笠女郎からすばらしい歌を引き出すことになった大伴家持は、いうまでもなく、万葉集の最終編纂者とも目されている歌人です。大伴家は、長い伝統のある名門であり、その嫡流の嫡男で、父は大納言従二位大伴旅人、叔母が大伴坂上郎女です。共に、万葉集後期の代表歌人で、文学的環境には恵まれていました。万葉集に収められている歌数は四百七十三首。圧倒的に最多歌数です。

政治家としての側面は、浮沈が多く、従三位中納言で終り、父を越えられず、平安遷都近い延暦四年（七八五）没。二十歳代までの家持は多くの女性たちと歌を取り交しています。ただし、その多くは社交界での社交上の挨拶の恋歌だったようです。

笠女郎は、家持の青春を彩った女性の中で、実際の恋愛関係にあったと思われる数少ない女性の一人です。ほぼ同じ時期に家持は、後に妻となる大伴坂上大嬢（坂上郎女の長女）とも交渉を持っていました。家持にとって笠女郎は、青春期の女性の中の一人に過ぎなかったのかもしれませんが、笠女郎にとっては、家持はただ一人の男性でした。

四　笠女郎の歌は万葉集内でどのように置かれているか

前にも述べましたが、笠女郎の歌は二十九首あり、全て家持に贈られています。これらは全部家持の手元に置かれていたはずです。それが、万葉集では、巻三の「譬喩歌」の部に三首、巻八の「春の相聞」と「秋の相聞」に各一首、計二首が置かれています。そして、残りの二十四首が巻四（全巻が相聞）に一括して並べられています。恐らく、全二十九首から譬喩歌と季節歌を抜き出してそれぞれの位置に置き、残りの無季の恋歌二十四首を巻四に配列したということなのだと考えられます。なお、家持から笠女郎に贈った歌はたったの二首で、しかも別れてからのものです（既述）。

これらの歌のあり方については多くの議論がなされています。なぜ家持の歌には別離以前のものがないのか。もともと家持は笠女郎に贈歌しなかったのか、あるいは自分の歌は意図的にカットしたのか。また、巻四の二十四首はどのような順番に並べられているのか。笠女郎が家持に贈った順に並べられているのか、あるいは、順不同ばらばらなのか、など（注2）。

それらについての確実な答えはむずかしいと言わざるをえず、また、歌から離れていくでしょうから、本書では極力触れないでおきます。ただ、巻四の二十四首の配列順については、家持のもとに贈られて来た順に並べられているという推定の上に立って述べています。

別離以前の家持の歌がないということは、結果的に言えば、笠女郎に対する家持の反応（返歌）といういわば夾雑物が無く、笠女郎のモノローグで構成されているという、すっきりした形になっていて、それが彼女の歌の魅力を引き出しているとも言えます。家持は、彼女の歌の魅力を知っていて、その魅力を引き出すための仕掛けとして、敢えて自分の歌を挟まなかったのかもしれません。最後に置かれた家持の歌二首は、物語の幕引きの役割になっていきます。これも仕掛けでしょうか。

注2　配列―「構造論」もその一つです。二十四首の配列に「構造」と呼べるような論理的な配列が見出せるかどうか、という論です。この点については、私は否定的です。

読書案内

（閲覧が比較的に可能なもの、しかも最近の出版になるものに絞りました。）

一、注釈書

『萬葉集（新編日本古典文学全集）』全四巻　小島憲之ほか　小学館　1994～1996
『萬葉集釋注』全十二巻　伊藤博　集英社　1995～1999
『萬葉集（和歌文学大系）』全四冊　稲岡耕二　明治書院　1997～2015
『萬葉集（新日本古典文学大系）』全四冊　佐竹昭広ほか　岩波書店　1999～2003
『万葉集全歌講義』全一〇冊　阿蘇瑞枝　笠間書院　2006～2015
『万葉集全解』全七巻　多田一臣　筑摩書房　2009～2010

二、笠女郎の全歌を単独で対象にした単行本は本書以前には見当たりませんが、抄録（あるいは一首）の論文（鑑賞文）は数多くあります。その中には学恩を受けたものも含まれます。左はほんの一部です。

『万葉の女人像』上代文学会編　笠間書院　1976
『私の万葉集』全五冊　大岡信　講談社　1993～1998
『女流歌人（額田王・笠女郎・狭野茅上娘子）人と作品』中西進編　おうふう　2005
『セミナー万葉の歌人と作品』第十巻　神野志隆光・坂本信幸編　和泉書院　2004

なお、笠原ひさ子著『笠女郎』（国文社　1990）は、収録三編のうち二編が笠女郎の伝記的小説で、他の一篇は笠女郎とは無関係です。

【著者プロフィール】

遠藤　宏（えんどう・ひろし）

1936年　東京都に生まれる
1961年　東京大学文学部国語国文学科卒業
1967年　東京大学大学院人文科学研究科国語国文学専攻
　　　　博士課程終了
現在　　成蹊大学名誉教授
主な編著書　『古代和歌の基層』（笠間書院）
　　　　　　『日本古典文学大事典』（明治書院　共編）

笠《かさの》　女郎《いらつめ》　　コレクション日本歌人選 062

2019年2月25日　初版第1刷発行

著　者　遠藤　宏

装　幀　芦澤泰偉

発行者　池田圭子

発行所　笠間書院

〒101-0064　東京都千代田区神田猿楽町2-2-3

NDC分類911.08　電話03-3295-1331 FAX03-3294-0996

ISBN978-4-305-70902-8

本文組版：ステラ　印刷／製本：モリモト印刷

乱丁・落丁本はお取り替えいたします。　（本文用紙中性紙使用）

出版目録は上記住所または、info@kasamashoin.co.jp までご一報ください。

コレクション日本歌人選　第Ⅰ期〜第Ⅲ期　全60冊！

第Ⅰ期　20冊　2011年（平23）2月配本開始

1 柿本人麻呂　かきのもとのひとまろ　高松寿夫
2 山上憶良　やまのうえのおくら　辰巳正明
3 小野小町　おののこまち　大塚英子
4 在原業平　ありわらのなりひら　中野方子
5 紀貫之　きのつらゆき　田中登
6 和泉式部　いずみしきぶ　高木和子
7 清少納言　せいしょうなごん　圷美奈子
8 源氏物語の和歌　げんじものがたりのわか　高野晴代
9 相模　さがみ　武田早苗
10 式子内親王　しょくしないしんのう（しきしないしんのう）　平井啓子
11 藤原定家　ふじわらていか（さだいえ）　村尾誠一
12 伏見院　ふしみいん　阿尾あすか
13 兼好法師　けんこうほうし　丸山陽子
14 戦国武将の歌　綿抜豊昭
15 良寛　りょうかん　佐々木隆
16 香川景樹　かがわかげき　岡本聡
17 北原白秋　きたはらはくしゅう　國生雅子
18 斎藤茂吉　さいとうもきち　小倉真理子
19 塚本邦雄　つかもとくにお　島内景二
20 辞世の歌　松村雄二

第Ⅱ期　20冊　2011年（平23）10月配本開始

21 額田王と初期万葉歌人　ぬかたのおおきみ　しょきまんようかじん　梶川信行
22 東歌・防人歌　あずまうた　さきもりうた　近藤信義
23 伊勢　いせ　中島輝賢
24 忠岑と躬恒　みぶのただみね　おおしこうちのみつね　青木太朗
25 今様　いまよう　植木朝子
26 飛鳥井雅経と藤原秀能　まさつね　ひでよし　稲葉美樹
27 藤原良経　ふじわらのよしつね（りょうけい）　小山順子
28 後鳥羽院　ごとばいん　吉野朋美
29 二条為氏と為世　にじょうためうじ　ためよ　日比野浩信
30 永福門院　えいふくもんいん（ようふくもんいん）　小林守
31 頓阿　とんな（とんあ）　小林大輔
32 松永貞徳と烏丸光広　ていとく　みつひろ　高梨素子
33 細川幽斎　ほそかわゆうさい　加藤弓枝
34 芭蕉　ばしょう　伊藤善隆
35 石川啄木　いしかわたくぼく　河野有時
36 正岡子規　まさおかしき　矢羽勝幸
37 漱石の俳句・漢詩　神山睦美
38 若山牧水　わかやまぼくすい　見尾久美恵
39 与謝野晶子　よさのあきこ　入江春行
40 寺山修司　てらやましゅうじ　葉名尻竜一

第Ⅲ期　20冊　2012年（平24）6月配本開始

41 大伴旅人　おおとものたびと　中嶋真也
42 大伴家持　おおとものやかもち　小野寛
43 菅原道真　すがわらみちざね　佐藤信一
44 紫式部　むらさきしきぶ　植田恭代
45 能因　のういん　高重久美
46 源俊頼　みなもとのとしより（しゅんらい）　高野瀬恵子
47 源平の武将歌人　上宇都ゆりほ
48 西行　さいぎょう　橋本美香
49 鴨長明と寂蓮　ちょうめい　じゃくれん　小林一彦
50 俊成卿女と宮内卿　しゅんぜいきょうじょ　くないきょう　近藤香
51 源実朝　みなもとのさねとも　三木麻子
52 藤原為家　ふじわらためいえ　佐藤恒雄
53 京極為兼　きょうごくためかね　石澤一志
54 正徹と心敬　しょうてつ　しんけい　伊藤伸江
55 三条西実隆　さんじょうにし　さねたか　豊田恵子
56 おもろさうし　島村幸一
57 木下長嘯子　きのした　ちょうしょうし　大内瑞恵
58 本居宣長　もとおりのりなが　山下久夫
59 僧侶の歌　そうりょのうた　小池一行
60 アイヌ神謡ユーカラ　篠原昌彦

推薦する——「コレクション日本歌人選」

篠　弘

●伝統詩から学ぶ

啄木の『一握の砂』、牧水の『別離』、さらに白秋の『桐の花』、茂吉の『赤光』が出てから、百年を迎えようとしている。こうした近代の短歌は、人間を詠みうる詩形として復活してきた。しかし、実生活や実人生を詠むばかりではなかった。その基調に、己が風土を見つめ、豊穣な自然を描出するという、万葉以来の美意識が深く作用していたことを忘れてはならない。季節感に富んだ風物と心情との一体化が如実に試みられていた。

この企画の出発によって、若い詩歌人たちが、秀歌の魅力を知る絶好の機会となるであろう。また和歌の研究者も、その深処を解明するために実作を始められてほしい。そうした果敢なる挑戦をうながすものとなるにちがいない。多くの秀歌に遭遇しうる至福の企画である。

松岡正剛

●日本精神史の正体

和泉式部がひそんで塚本邦雄がさんざめく。道真がタテに歌って啄木がヨコに詠む。西行法師が往時を彷徨して寺山修司が現在を走る。実に痛快で切実な組み立てだ。こういう詩歌人のコレクションはなかった。待ちどおしい。

和歌・短歌というものは日本人の背骨であって、日本語の源泉である。日本の文学史そのものであって、日本精神史の正体なのである。そのへんのことはこのコレクションのすぐれた解説を読まれるといい。

その一方で、和歌や短歌には今日のメールやツイッターに通じる軽みや速さや愉快がある。たちまち手に取れるし、目に綾をつくってくれる。漢字・旧仮名・ルビを含めて、このショートメッセージの大群からそういう表情をぞんぶんにも楽しまれたい。

コレクション日本歌人選　第Ⅳ期

第Ⅳ期　20冊　2018年（平30）11月配本開始

61	高橋虫麻呂と山部赤人	たかはしのむしまろとやまべのあかひと	多田一臣
62	笠女郎	かさのいらつめ	遠藤宏
63	藤原俊成	ふじわらしゅんぜい	渡邉裕美子
64	室町小歌	むろまちこうた	小野恭靖
65	蕪村	ぶそん	揖斐高
66	樋口一葉	ひぐちいちよう	島内裕子
67	森鷗外	もりおうがい	今野寿美
68	会津八一	あいづやいち	村尾誠一
69	佐佐木信綱	ささきのぶつな	佐佐木頼綱
70	葛原妙子	くずはらたえこ	川野里子
71	佐藤佐太郎	さとうさたろう	大辻隆弘
72	前川佐美雄	まえかわさみお	楠見朋彦
73	春日井建	かすがいけん	水原紫苑
74	竹山広	たけやまひろし	島内景二
75	河野裕子	かわのゆうこ	永田淳
76	おみくじの歌	おみくじのうた	平野多恵
77	天皇・親王の歌	てんのう・しんのうのうた	盛田帝子
78	戦争の歌	せんそうのうた	松村正直
79	プロレタリア短歌	ぷろれたりあたんか	松澤俊二
80	酒の歌	さけのうた	松村雄二